KB123524

요해단충록 3

遼海丹忠錄 卷三

《型世言》의 저자 陸人龍이 지은 時事小說, 청나라의 禁書

요해단충록 3

遼海丹忠錄 卷三

육인룡 원저 · 신해진 역주

보고사
BOGOSA

머리말

　이 책은 《형세언(型世言)》의 저자로 알려진 육인룡(陸人龍)이 지은 시사소설(時事小說) 〈요해단충록(遼海丹忠錄)〉을 처음으로 역주한 것이다. 청(淸)나라 건륭제(乾隆帝) 때 나온 〈금서총목(禁書總目)〉에 오른 작품으로서 8권 40회 백화소설이다. 중국과 한국에는 전하지 않고 일본 내각문고에 전하는 것을 1989년 중국 묘장(苗壯) 교수가 발굴하여 교점본을 발간함으로써 학계에 알려졌는바, 그가 소개한 글의 일부를 인용한다.

　　〈요해단충록〉은 정식 명칭으로 〈신전출상통속연의요해단충록(新鐫出像通俗演義遼海丹忠錄)〉이고 8권 40회이다. 표제에는 '평원 고분생 희필(平原孤憤生戲筆)'과 '철애 열장인 우평(鐵崖熱腸人偶評)'이라고 기록되어 있다. 첫머리에 있는 서문에는 '숭정 연간의 단오절에 취오각 주인이 쓰다.'라고 쓰여 있다. 오늘날까지 명나라 숭정 연간의 취오각 간본은 남아있다. 이 책의 작자인 고분생에 관하여 '열장인'과 관련된 동일인임이 명확한데, 곧 육운룡(陸雲龍)의 동생이다. 청나라 건륭 연간에 귀안 요씨가 간행한 《금서총목(禁書總目)》에 〈요해단충록〉이 수록되어 있는데, 육운룡의 작품이라고 덧붙여 놓았다. 운룡은 취오각의 주인으로 자는 우후(雨侯)이고 명나라 말기의 절강성 전당 사람인데, 일찍이 〈위충현소설척간서(魏忠賢小說斥奸書)〉라는 소설을 지었다. 그렇지만 그 책의 서문에 '이는 내 동생의 〈단충록〉에서 말미암은 기록이다.'고 분명하게 말한 것은 작자가 운룡이 아니고 그의 동생임을 나타내지만, 이름은 자세히 밝히지 않았다. 그가 지은 소설 작품들을 통해 보건대, 그의 동생은 나라의 정치에 관심이 있어서 때때로 '자기 혼자서 세상에 대해 분개하는' '뜨거운 가슴을 지닌 사람'이라 하겠다. 책에는 간행한 년월 날짜가 없지만, 서문 말미에 기록된 '숭정 연간 단오절'은 혹시 경오(숭정 3년, 1630)의 잘못일 수도 있고, 아니면 경오년 단오일 수도 있다. 책의 서사가 원숭환이 체포되는 것에서 그쳤는데 그 사건은 3년 3월에 있었던 것이나, 원숭환이 그해 8월에 피살된 것은 언급하지 않고 있으므로 숭정 15년의 임오(1642)일 리가 없기 때문이다.(描壯,「前言」,《遼海丹忠錄》上,『古本小說集成』72, 上海古籍出版社, 1990, 1면.)

위의 글은 〈요해단충록〉의 서지상태를 비롯해 작자 및 창작연대를 알려주고 있다. 곧 육인룡이 1630년에 지은 것이라 한다.

이 소설은 1589년부터 1630년 봄에 이르기까지 후금(後金)의 흥기(興起)를 다루면서 사르후 전투, 광녕(廣寧)의 함락, 영원(寧遠)과 금주(錦州)의 전투 등 중대한 전쟁을 서술하여 당시 요동의 명나라 군인과 백성들이 피투성이 된 채로 후금군과 분전하는 장면을 재현했을 뿐만 아니라 명나라 말기 군정(軍政)의 부패, 명청 교체기의 변화무쌍한 세태를 반영하였다. 무엇보다도 가장 중요하게 다룬 것은 모문룡(毛文龍)의 일생이다. 모문룡은 나라가 위태로운 난리를 당했을 때 황명을 받들고 후금에게 함락되어 잃은 땅을 수복하고자 하였다. 해상을 경영하여 후금의 군대를 공격해 견제할 수 있는 중요한 무력의 발판을 마련했지만, 나중에 원숭환(袁崇煥)에게 유인되어 피살되었다. 이러한 모문룡의 공과에 대해서 명나라 말기부터 시비가 일어 결말이 나지 않고 분분하였는데, 그의 오명을 벗기기 위해 이 소설이 지어졌다고 한다.

한편, 양승민은 그 실상이 알려지지 않은 이 소설을 소개하고자 쓴 글(「〈요해단충록〉을 통해 본 명청교체기의 중국과 조선」, 『고전과 해석』 2, 고전문학한문학연구학회, 2007)에서 모문룡의 조선 피도(皮島: 假島) 주둔

당시 정황, 모문룡과 후금의 대결 국면, 조선과 후금의 관계, 모문룡 및 명나라 조정과 조선의 관계, 인조반정으로 대표되는 조선국 정세, 정묘호란 당시의 정황 등이 대거 서술되어 있어 한국의 연구자들이 논의할 필요가 있는 작품이라고 지적한 바 있다. 물론 이 소설은 기본적으로 주인공 모문룡을 미화하고 영웅화하면서 그의 공적을 찬양하여 억울한 죽음을 변호하고자 하는 작가의식을 보여준 것으로, 영웅을 죽인 부패한 명나라 조정을 비판하면서도 강한 반청의식을 드러낸 작품이라는 전제하에 지적한 것이다.

그렇지만 〈요해단충록〉은 8권 40회라는 대작인데다 백화문과 고문이 뒤섞여 있는 등 쉬 접근하기가 어렵다. 후금과 관련된 인명, 지명, 칭호 등이 음차(音借)되어 있어 더욱 그러하다. 그래서인지 몰라도 소개한 지가 10여 년이 지났지만 이 소설에 대하여 아직까지 제대로 된 논문이 나오지 않고 있는 실정이다. 이에 정밀한 주석을 붙이면서 정확한 번역을 한 역주서가 필요한 것임을 절감한다.

이제, 8권 가운데 그 셋째 권을 상재하는바 나름대로 최선을 다하고자 했지만, 여전히 부족할 터이라 대방가의 질정을 청한다. 다만, 〈요해단충록〉에 대한 정치한 작품론이 치열하게 전개되는 데 이바지하기를 바랄 뿐이다.

끝으로 편집을 맡아 수고해 주신 보고사 가족들의 노고와 따뜻한 마음에 심심한 고마움을 표한다.

2019년 2월 빛고을 용봉골에서
무등산을 바라보며 신해진

차례

遼海丹忠錄 卷三

▌일러두기

이 책은 다음과 같은 요령으로 엮었다.

1. 번역은 직역을 원칙으로 하되, 가급적 원전의 뜻을 해치지 않는 범위 내에서 호흡을 간결하게 하고, 더러는 의역을 통해 자연스럽게 풀고자 했다.
2. 원문은 저본을 충실히 옮기는 것을 위주로 하였으나, 활자로 옮길 수 없는 古體字는 今體字로 바꾸었다.
3. 원문표기는 띄어쓰기를 하고 句讀를 달되, 그 구두에는 쉼표(,), 마침표 (.), 느낌표(!), 의문표(?), 홑따옴표(‘ ’), 겹따옴표(“ ”), 가운데점(·) 등을 사용했다.
4. 주석은 원문에 번호를 붙이고 하단에 각주함을 원칙으로 했다. 독자들이 사전을 찾지 않고도 읽을 수 있도록 비교적 상세한 註를 달았다. 단, 원저자의 주석은 번역문에 ‘협주’라고 명기하여 구별하도록 하였다.
5. 주석 작업을 하면서 많은 문헌과 자료들을 참고하였으나 지면관계상 일일이 밝히지 않음을 양해바라며, 관계된 기관과 여러분들께 진심으로 감사드린다.
6. 이 책에 사용한 주요 부호는 다음과 같다.
   1) ( ) : 同音同義 한자를 표기함.
   2) [ ] : 異音同義, 出典, 교정 등을 표기함.
   3) “ ” : 직접적인 대화를 나타냄.
   4) ‘ ’ : 간단한 인용이나 재인용, 강조나 간접화법을 나타냄.
   5) 〈 〉 : 편명, 작품명, 누락 부분의 보충 등을 나타냄.
   6) 「 」 : 시, 제문, 서간, 관문, 논문명 등을 나타냄.
   7) 《 》 : 문집, 작품집 등을 나타냄.
   8) 『 』 : 단행본, 논문집 등을 나타냄.

역문

요해단충록 3

遼海丹忠錄 卷三

제11회

적의 칼날 피하여 잠시 조선에 몸을 의탁하고,
요충지 찾아 피도를 차지하여 세력을 펴다.

避敵鋒寄迹朝鮮, 得地勝雄據皮島.

병서의 책략이 가슴속에 서려 있어 흉악한 고래의 목에 올가미를 씌웠네. 명나라 관원의 위의(威儀)에 유민들이 거듭거듭 곁눈질하네. 썩은 나뭇가지 꺾는 것이야 비웃었지만 파죽지세에 놀랐으니, 바로 폭풍우 치듯 사나워 군대의 행군에 막힘이 없었네. 그러나 검푸른 바다 물결 아득하고, 궁벽한 변방은 까마득하네. 이를 어찌 하랴. 군대가 고립되고 계속 고달파지네. 구원병을 바라고 배고픔을 하소연하면서 시대를 근심하여 눈물을 쏟네. 그 뉘라서 서로 도울런가. 《금장춘(錦帳春)》

　사람은 죽어서 태산보다 중하게 여겨지기도 하고, 또 죽어서 기러기 털보다 가볍게 여겨지기도 한다. 때문에 노(魯)나라 조귀(曹劌)는 세 번 패하고도 죽지 않고 뒷날 비수로써 제(齊)나라 환공(桓公)을 겁박하여 누차 패했던 땅을 수복하였으며, 관중(管仲)은 세 번 싸워 세 번을 달아났으나 또한 죽지 않고 훗날 억류에서 벗어나 천하를 한번 바로잡은 공을 이루었다. 대장부는 스스로 세상을 볼 수 있게 되면 그 뒤에 반드시 나라를 위해 하나의 사업을 해야만 하니, 화가 난다고 해서 죽을 것까지는 없다. 그러나 한(漢)나라 이릉(李陵)처럼 자신이 죽지 않은 것은 장차 큰일하기 위해서였다는 핑계로 한 몸을 가지고 오랑캐에게 항복하여 집안도 망하고 이름도 없어지게 해서는 안 된다. 모문룡 유격이 다만 400명으로 진강(鎭江)을 기습하여 빼앗으니 귀순해오는 사람이 많았다. 복주 유격(復州遊擊) 선신충(單藎忠)조차도 전에 그를 만나 귀순시키려 했을 때는 아직 귀순할 마음이 없었으나, 이후 모문룡이 진강(鎭江)에서 성공했다는 소식을 듣고 요동(遼東)의 백성 5,6만 명을 집결하여 모문룡 유격과 함께 멀리서 지원하여 서로 호응하였다. 시종일관 누르하치는 이보다 앞서 동양진(佟養眞)으로 하여금 진강(鎭江)을 단단히 지키도록 하여 조선의 진입로를 이미 끊었고, 남쪽의 사위(四衛)가 대부분 이미 투항했기 때문에 그는 요양(遼陽)을 온전히 점유한 것으로 생각하고 있었다. 그런데 뜻밖에도 모문룡 유격이 진강(鎭江)을 회복하고서 동쪽으로는 조선과 연결하고 서쪽으로는 사위(四衛)와 연결하며 남쪽으로는 등주(登州)와 내주(萊州) 및 천진(天津)을 접하게 되었으니, 누르하치는 동쪽으로 모문룡이 조선과 병력을 합쳐서 토벌하려는 것을 방어해야 했고 남쪽으로 모문룡이 사위(四衛)·등주(登州)·천진(天津)과 병력을 합쳐서 요양(遼陽) 회복하려는 것을 방어해야 했다. 만약 누르하치가 광녕(廣寧)을 침범한다면 또한 모문룡이 병력을 합쳐 요하(遼河)를 끊어 그의 귀로를 차단하고 혹시라도 경병(輕兵: 가볍게 무장한 병사)들이 그의 군량을 습격하거나 그의 후방 부대를 토벌할 것을 두려워하였으니, 조금도 양립할 수 없는 형세가 있었다. 더구나 동양성(佟養性)은 모문룡이 또 아우인 동양진(佟養眞)을 사로잡았기 때문에 원수 갚는 것을 긴급하게 여겨서 누르하치를 꾀어 먼저 사위(四衛)를 취하도록 하여 그로 하여금 광녕(廣寧)을 돌아볼 수 없게 하였다. 이후 누르하치는 대포를 꾸려 수레에 싣고 가서 진강(鎭江)을 직접 취하고자 하였기 때문에 이때 먼저 유애탑(劉愛塔)을 봉하여 총독으로 삼고 개주(蓋州), 복주(復州), 금주(金州) 등 삼위(三衛)에 군사를 거느리고 가서 주둔하여 지키도록 하자, 군사를 거느리고 와서 세 곳을

관리하였다. 그러나 선신충(單藎忠) 유격은 유애탑의 관리에 굴복하지
않고 그에게 투항을 권유한 자를 살해하였다. 이에 유애탑(劉愛塔)은
대노하고 누르하치에게 알리고 와서 토벌하여 섬멸할 것을 요청하였
다. 선신충 유격은 유애탑을 능가하지 못한다는 것을 알고서 황망히
성안의 백성들을 거느리고 장산도(長山島)로 건너가서 도피하였다. 달
적(韃賊: 몽골)들이 이를 알고 추격해왔으나 다행히도 물의 성질을 알
지 못한데다 바람을 만나 2척의 배가 부서져서 바닷물에 빠져 죽은
사람이 허다하였기 때문에 마침내 감히 따라오지 못하고, 그저 동양
성(佟養性)과 이영방(李永芳)의 군령(軍令)을 기다려 함께 진강(鎭江)을
취하려고 하였다.

이때 모문룡 유격은 한창 진강(鎭江)에서 투항을 권유하며 귀부한
자를 받아들이고 있었다. 그러나 파발꾼을 만난 뒤, 누르하치가 이미
개주, 복주, 금주 등 삼위(三衛)를 이미 취하였고 선신충(單藎忠) 유격
도 이미 후퇴하여 장산도(長山島)로 들어갔다는 것을 알고는 모문룡 유
격이 말했다.

"이번 적들은 우리의 귀로를 차단하고 우리의 우군을 제거하여 오
래지 않아 곧 우리를 공격하러 올 것이다."

이렇게 말하고는 곧 성안의 백성들에게 분부하여 중국으로 돌아가
길 원하는 사람이 있으면 즉시 행장을 꾸리도록 해 잠깐 뒤에 각각의
섬으로 보내어 안착시켰는데, 소기민(蘇其民)·장반(張盤)·이경선(李景
先)이 나뉘어 그들을 싣고 뿔뿔이 저도(猪島)·장자도(獐子島)·광록도
(廣鹿島) 등지로 흩어졌다. 성안에는 어린 아이들을 데리고 부담롱이나
상자들을 맨 자들이 이어져 끊이지 않았다. 모문룡 유격은 병사들에
게 호송하게 하여 백성들이 자기끼리 서로 약탈하는 것을 불허하였고,
또 각 배에 출동 명령을 내려 긴급히 짐을 싣게 하되 동전과 지폐를

요구하는 것을 불허하였다. 이와 같이 이틀이 지나 이미 27일이 되자, 모문룡 유격이 말했다.

"좋지 않다. 이틀이 지나면 누르하치의 군대가 반드시 올 것이니 형편상 백성들을 나누어 보내 그들을 피하고서 다시 거병하기를 도모해야 할 것이지, 어찌 가만히 앉아서 죽기를 기다릴 수 있겠느냐!"

그리고 스스로 부하 가정(家丁)들과 모든 성안에서 떠나가기를 원하는 백성 약 2만 명을 데리고 강을 건너 조선의 지역으로 달아났다.

기마를 한번 채찍질하여 급히 떠나	一鞭騎馬去匆匆
적을 피해 타향으로 가서 고공단보 본받네.	避敵他鄉效古公
몸을 보존해 다시 거병 도모해도 무방하거늘	身在不妨圖再擧
어찌 함부로 쑥 덤불속에 목숨을 끊을쏜가.	肯教輕自殞蒿蓬

미천보(彌川堡屯)에 도착하여 주둔한 뒤에 조선의 양지원(梁之垣) 감군(監軍)에게 황제의 훈유(訓諭)를 널리 알리도록 하면서 조선국왕에게 구원병을 청하라고 요구하였다. 우리가 있는 이곳으로 동양성(佟養性)과 이영방(李永芳) 두 사람이 누르하치의 아들 홍타이지[洪太]와 함께 수만 명의 병사들을 인솔하고 있었는데, 전방에는 포차(砲車)를 배치하고 후방에는 철기병(鐵騎兵)이 호위하여 산과 들을 가득히 뒤덮은 채로 뒤쫓아 왔다. 29일에 진강성(鎭江城)을 철통 같이 포위하고는 말끝마다 모문룡을 사로잡아 그의 목을 베어 군기에 꽂아서 제사 지내자고 하였다. 이때 성안에는 소기민(蘇其民) 등 배를 타고 섬으로 들어간 자들을 제외하고 약 2만여 명이 있었는데, 모문룡 유격을 따라 조선 땅에 도착한 사람이 2만 명 남짓이었으니 성안에 남아있던 사람은 원래 떠나가기를 원하지 않고 진강성(鎭江城)을 바쳐 공을 세우고 싶은 자들

로 모두 성문을 열어 귀순하였다. 철부지 동양성(佟養性) 오랑캐는 그의 동생이 모문룡에게 사로잡힌 것을 한스럽게 여기고 있었고, 또 귀순한 무리들이 줏대 없이 이랬다저랬다 하여 오늘은 중국에게 항복하고 그 다음날은 자신들에게 항복한 것을 괴이하게 여기고는 마침내 옥석을 가리지 않고 대동한 부하들로 하여금 마구 베여 죽이게 하였으니, 성안의 사람은 노소를 막론하고 완전히 죽었으며 성안의 가옥들은 죄다 불태워버렸다.

뜨거운 피가 뚝뚝 샘처럼 솟는데	涓涓熱血湧如泉
초가집 죄다 타서 연기만 남았네.	燎盡茅簷剩有烟
함양의 그 당시의 일과 똑같은데	一似咸陽當日事
유독 유령 불만 남아 평야 비추네.	獨餘鬼火照平川

온 성을 샅샅이 찾았지만 모문룡을 찾아내지 못하였다. 동양성(佟養性) 오랑캐가 또 수색하여 몇 사람을 잡아와서 심문할 때, 그들이 말했다.

"모문룡 유격은 며칠 전에 이미 성을 떠나 조선으로 가버렸다."

동양진(佟養眞) 나리에 대해 물었을 때도 그들이 말했다.

"동양진(佟養眞) 나리는 모문룡 유격에게 붙잡혀 몇몇 수보관(守堡官)과 같이 한꺼번에 광녕(廣寧)으로 압송되어 간 지 이미 대엿새가 되었다."

동양성(佟養性) 오랑캐가 이 말을 듣고 크게 노하여 말했다.

"모문룡을 죽이지 않으면 결코 군사를 돌이키지 않겠다."

이 사람들을 베어 죽이고는 포차(砲車)들을 모두 압록강(鴨綠江)으로 이동시키고 강 연안에는 모두 철기병(鐵騎兵)들을 주둔시킨 뒤, 사람을 시켜 강을 건너가서 조선(朝鮮)의 의주 절제사(義州節制使) 박엽(朴燁)에게 모문룡을 찾아내라고 요구하였다. 만일 찾아 보내지 않으면, 먼저 의주(義州)를 공격하고 나중에 미천보(彌川堡)로 가서 모문룡의 무리를 붙잡으려고 하였다.

이때 박엽(朴燁)은 모문룡이 있지 않다고 말하자니 누르하치가 이미 모문룡이 미천보(彌川堡)에 주둔해 있다는 것을 정탐하고 있었으며, 만약 잡아서 묶어 보내려 하자니 중국의 문책이 두려웠으며, 모문룡을 보내지 않으려 하자니 설령 누르하치 군대가 강을 건너기라도 하면 어찌 스스로 재난을 불러들이는 것이 아니겠는가! 이모저모로 궁리해도 계책이 없어 중얼거렸다.

'내가 살길을 열어놓자면 그들과 함께 스스로 미천보(彌川堡)로 가는 편이 낫겠다. 모문룡을 붙잡지 못하면 나와는 상관없는 일이다. 붙잡으러 갔다고 중국이 문책할 때 나는 단지 누르하치 군대가 스스로 사로잡으러 왔는데 형세가 커서 호응하여 구원하지 않을 수 없었음을 핑계대면 나를 책망할 수 없을 것이다.'

곧바로 몰래 통관(通官: 통역관)을 미리 가게 하여 그들에게 사람을 보내어 인도하겠다고 약속해 그들 스스로 모문룡을 사로잡도록 하였다. 동양성(佟養性)과 이영방(李永芳) 두 사람은 이 약속을 받아들이고 은밀히 출병하여 압록강을 건넜다. 그들이 의주성(義州城)을 통과하자 박엽(朴燁)은 성문을 꼭 닫아 통행하지 못하도록 차단하고 사람을 파견하여 모문룡 유격에게 통지하지 않고 끝내 그들이 지나가는 대로 내버려두니, 곧장 미천보(彌川堡)를 향하여 왔다.

이때 모문룡 유격은 미천보 안에 있으면서 누르하치 군대가 오는 것을 방비하기도 했지만, 의주(義州)가 지방이라서 끝내는 그들이 그냥 침범해 들어오지 못하리라고 여겼기 때문에 그들이 이미 몰래 죽이러 와서 미천보를 포위했을 줄 미처 생각지 못하였다. 그런데 부하들이 누르하치의 병사들이 있다고 보고하자, 모문룡 유격은 보에 올라가 한눈에 바라보았다.

철기들 도처에서 나는 듯 달려오고	遍地飛來鐵騎
깃발들 하늘 닿을 듯 널리 가득하네.	連空布滿旌旗
만일 간신히 겹겹의 포위 벗어난다면	若敎容易出重圍
오직 몸에 두 날개가 돋는 것일러라.	除是身生兩翅

　모문룡 유격이 스스로 생각해보니 주변에 전쟁을 할 수 있는 병사가 400명에도 미치지 못하고 병장기도 또 많지 않아서 당해낼 수가 없었다. 일찌감치 또 미천보의 성문이 공격을 받아 부서졌는지라, 모문룡 유격은 뭇사람들의 안위를 돌아보지 못하고 가정(家丁) 30여 명만을 데리고 직접 천리마인 황표마(黃驃馬)를 타고서 보(堡)의 뒤쪽을 따라 닥치는 대로 쳐 죽이며 한 가닥 혈로(血路: 적의 포위망을 뚫어 헤치고 나가는 길)를 열고 빠져 나왔는데, 한 사람이 100명을 당해내지 않은 자가 없었으니 누르하치의 병사 수백 명을 죽이고 겹겹의 포위를 뚫었다. 미천보 안에 있던 백성들은 도망가거나 죽거나 하여 절반이 없어졌다.

　모문룡 유격은 포위를 뚫은 뒤에 따라온 가정(家丁)을 점고하여 헤아려보니 단지 살아있는 자가 17명이었거늘, 뒤쪽에 모래먼지를 크게 일으키면서 벌써부터 뒤쫓아 왔으니 선두 부대의 달자(韃子)들은 3백 명 내지 5백 명이었다. 모문룡 유격은 적들이 바싹 접근해 오는 것을 보고 도리어 말을 돌려 일제히 달려들었다. 예상하지 못한 때에 공격을 받고 달병(韃兵)들이 깜짝 놀란 데다 모문룡 유격에게 목을 베어 죽은 자가 수백 명이 되자, 달병(韃兵)들이 후퇴하여 다시 제2부대와 합쳐서 뒤쫓아 왔다. 모문룡 유격은 나무숲 하나를 발견하고 말을 탄 채 번개처럼 그 속으로 재빨리 피하여 적군들이 지나가도록 내버려두었다가 다시 숲을 돌아가서 적군 뒤를 달려들며 또한 일제히 큰소리로 외친 뒤에 달병(韃兵)들을 마구 죽였다. 또 적군 백여 명을 살상하며 속으로 적군들을 두렵게 하여 돌아갈 것이라고 생각했는데, 저 달병(韃兵)들은 도리어 또 합세하여 뒤쫓아 왔다. 모문룡 유격이 말했다.

"이제 막 다급하게 미천보를 나오느라 마른 양식을 모두 휴대하지 못한데다 이제 더욱 부족하니 어떻게 하는 것이 좋겠느냐?"

다만 일개 가정(家丁)인 왕호(王鎬)가 마주하여 말했다.

"앞쪽에 세 갈래 길이 있는데 나리께서는 서쪽으로 가셔야 평양(平壤)에 당도하실 수 있사오니, 제가 적군들을 유인하여 동쪽으로 가서 추격해 오는 병사들을 지체하게 하겠습니다."

모문룡 유격은 과연 16명의 기병(騎兵)들을 데리고 서쪽으로 가고, 왕호(王鎬)만 홀로 동쪽으로 말을 타고 천천히 갔다. 달병(韃兵)들이 뒤쫓아 오다가 보니, 서쪽으로 가는 길에는 아무도 없고 동쪽으로 가는 길에는 사람이 움직이는 그림자가 있어 즉시 한번 고함을 지르더니 뒤쫓아 왔다. 저 왕호(王鎬)는 두려워하는 일이 없어서 기어코 투구를 쓰고 말을 돌려 두 개의 칼을 휘두르며 세차게 달려들었다. 그 달자(韃子)들은 왕호(王鎬)의 옷차림이 단정한 것을 보고 모문룡 유격으로 오인해 겹겹이 포위하며 말했다.

"활을 쏘지 마라. 동양성(佟養性) 나리께서 생포하기를 원하신다."

단지 창칼을 쥐고 와서 싸웠다. 왕호(王鎬)는 목숨을 내건 자라서 오히려 두 개의 칼로 눈송이가 어지러이 날리듯이 휘둘러 사람들의 머리가 바람에 흐트러지는 나뭇잎처럼 어지럽게 굴렀으니, 베여서 부상을 입은 달자(韃子)가 어찌 백여 명에 그쳤겠는가. 뜻밖에도 말이 창에 여러 번 찔려 한 차례 접전한 뒤에 쓰러지자, 왕호(王鎬)는 곧 말에서 내려 싸워야 할 형편이었다. 또 그는 적군을 허다하게 베였으나 조기에 힘을 이미 다 써서 두 팔조차 모두 들 수가 없는지라 자결하려 할 때 칼도 들 수가 없어 웃으며 말했다.

"네놈들이 사로잡아 가거라, 네놈들이 사로잡아 가거라!"

달자(韃子)들이 일제히 재빨리 와서 체포하여 말했다.

"모문룡을 붙잡았다, 모문룡을 붙잡았다!"

왕호(王鎬)가 말했다.

"누르하치야! 모문룡 나리는 세상을 덮을 만한 기개가 있는 영웅이신데, 어찌 네놈들이 가까이 갈 수 있겠으며 사로잡을 수가 있겠느냐!"

그때 동양성(佟養性)이 모문룡을 잡았다는 소리를 듣고 말을 나는 듯이 재빨리 달려와 얼핏 보고 병사들에게 말했다.

"이 남방 놈은 모문룡이 아니거늘 도리어 우리 병사 수백 명이나 베어 죽였다!"

동양성(佟養性)이 말했다.

"이 남방 사람은 사내대장부이니, 너는 나의 휘하에 있어도 좋다."

왕호(王鎬)가 말했다.

"누르하치의 앞잡이 놈아! 내가 너처럼 중국을 반역해야 한단 말이냐!"

이렇게 말하고 칼을 빼앗아 와서 죽으려고 했으나 끝내 힘이 모자랐다. 동양성(佟養性)이 크게 노하여 황망히 베라고 하니, 곧 강철 칼로 마구 베자 한 덩어리의 다진 고기가 되었다.

의지와 기개 높은 하늘에 닿으니	意氣薄靑雲
어찌 목이 베이는 것을 꺼리리오.	何嫌首領分
목숨 바쳐 주군 따라 죽는 일 어렵나니	殺身殉主難
기신 장군에 부끄럽지 않으리로다.	不愧紀將軍

다시 모문룡을 찾았을 때는 자취가 전혀 없어 동양성(佟養性)은 할 수 없이 철군하였다.

모문룡 유격은 누르하치의 군대가 이미 갔다는 것을 정탐하고 다시 미천보(彌川堡)에 왔다. 가련하게도 시체가 곳곳에 널려 있는데 다리가 부러지거나 아니면 머리가 없었으며, 따라온 백성들도 포위망을 뚫고 달아나거나 은밀한 곳에 숨어 있거나 죽은 시신 속에 뒤섞이어 있거나 하여 나머지 사람이 만여 명에 지나지 않았다. 하지만 의주(義州)에 자문(咨文)을 보내어 박엽(朴燁)에게 누르하치와 몰래 내통하여 오랑캐군을 끌어들여 살해한 것을 말하였고, 또한 의정부(議政府)에 자문(咨文)을 보내어 조선 국왕은 중국이 왜적을 평정한 두터운 은혜를 저버리고 도리어 누르하치 오랑캐와 내통하여 중국 인민을 살해하고 중국의 대장을 죽이려 도모했다고 말하였다. 의정부에서 통관(通官: 통역관) 박홍문(朴弘文)을 보내 거듭 변호하였으니, 변방을 지키는 신하가 일으킨 사고라는 것이다. 모문룡 유격은 꼭 중국 조정에 제본(題本)을 올려서 등주(登州)・내주(萊州)・천진(天津)의 군대가 와서 죄상을 들추어 꾸짖기를 청하려 하였다. 조선의 의정부는 할 수 없이 의논하여 말했다.

"모문룡을 이쪽 미천보(彌川堡)에 남아있게 하면 끝내는 화근이 되어 누르하치가 와서 소란을 저지르도록 할 것이니, 그에게 약간의 군량을 주어 섬으로 돌아가도록 함으로써 양쪽이 모두 원만하게 하는 것만 못하다."

그리하여 또 박홍문(朴弘文)을 만나 말했다.

"국왕께서는 중국의 크나큰 은혜를 받았는데 다른 마음을 품을 이유가 전혀 없다. 중국의 바다를 살펴보건대 피도(皮島)라는 섬 하나가 있는데, 병력을 주둔시킬 수도 있고 땅을 갈아서 농사를 지을 수도 있으니 차라리 사람을 시켜 개척하는데 협조하고 농우와 곡식 종자로 주둔병이 농사지을 수 있도록 도와주되, 만약 누르하치가 침공하러 오면 군대를 동원하여 협공하겠다."

모문룡 유격도 거짓으로 손을 떼는 척하고 이를 받아들였다. 조선(朝鮮)은 곧 배를 준비하여 그를 피도(皮島)에 보내주었다. 생각한대로 좋은 장소이었다.

> 산은 구련성(九連城)을 끼고, 바다는 천연 요새지를 열었네. 숲은 다채로운 깃발인 듯하고, 파도가 일렁이어 북치는 소리인 듯하네. 앞에는 장자도(獐子島)・석성도(石城島)가 벌여있어 변경에 높이 앉은 듯하며, 옆에는 광록도(廣鹿島)・황성도(皇城島)가 이어져있어 멀리 팔과 손가락처럼 나란하네. 샘물이 맛좋고 시원하니 소금 땅이라 밥 먹기 어려워도 무슨 걱정일 것이며, 넓은 벌판이 기름지니 농사를 지을 수 있어 제일 기쁘다네. 바로 하늘이 중국을 위하여 요충지를 더 늘려준 것이며, 땅이 펼쳐져 중국과 오랑캐에 대한 원대한 계획을 도모할 수가 있네.

모문룡 유격은 섬에 도착하여 한번 보니 생각한대로 넓이는 백여 리였는데 섬 안에 많이 있는 샘물은 지하의 수맥이 바다와 통하지 않아 모두 담백하여 마실 수 있었고, 넓은 벌판은 밭 갈고 씨 뿌릴 수 있었다. 서북쪽으로 난 길은 바다로 나갈 수 있고, 그 나머지 사방은 모두 높은 바위와 깎아지른 벼랑, 겹겹의 산봉우리와 위태로운 산으로 첩첩 둘러싸고 있어 하나의 석성(石城) 같았다. 뒤에는 동서쪽에 각각 산 하나가 있는데, 매우 높아서 사방으로 왕래하는 배들을 바라볼 수 있었다. 피도(皮島) 앞에는 3개의 작은 섬이 벌여있는데 며칠 전에 투항시켰던 석성도(石城島), 장자도(獐子島), 녹도(鹿島)이었고, 왼쪽 머리에서 둘러싸고 있는 것은 지난날 왕소훈(王紹勳) 참장(參將)을 남겨 주둔케 했던 광록도(廣鹿島)이며, 오른쪽 머리에는 조선 지역인데 뒤쪽

으로 황성도(皇城島)가 자리 잡고 있었다. 앞에서는 공수(拱手)하고 있
는 듯하고 뒤에서는 보위(保衛)하고 있는 듯하며 좌우에서는 둘러싸고
있는 듯해 과연 하나의 전략적인 지역이었다. 모문룡 유격이 보고는
마음에 차서 한껏 기뻐하며 말했다.

"각 섬의 백성들은 모두 내가 귀순시킨 자들이니, 지금 내가 만약
출병한다면 각각의 작은 섬들을 경유하여 점점 나아갈 수 있을 것이
고, 오랑캐들이 만약 우리를 공격한다면 배를 잘 다루지 못할 뿐만 아
니라 각 섬들을 버려두고 날아오리라고는 생각지 못하니, 이곳은 정말
싸울 수도 있고 지킬 수도 있는 곳이로다."

한편으로는 각 섬에 공문을 보내어 모문룡의 통제를 따르도록 하
고, 또 한편으로는 등주(登州)와 내주(萊州)와 천진(天津)에 자문(咨文)을
보내어 함께 전진하기로 도모하였다. 이것이 바로 그가 평소에 임금
께 보답하려는 마음이 있었던 것으로, 이제 다시 무용(武勇)을 쓸 수
있는 땅을 소유할 수 있게 되었다.

기쁘게도 용이 바다로 돌아오고	喜是龍歸海
반갑게도 호랑이가 산을 등지네.	還欣虎負嵎
이제부터 궁벽한 섬에서는	從今窮島上
선우 참할 책략을 결단하네.	決策斬單于

그러나 임시로야 비록 땅을 얻었지만 단지 속국(屬國: 조선)에 힘입
고 있어 끝내 군수물자가 부족하니, 누르하치가 급습해오기라도 하면
끝내는 사기가 드날리지 않을 것이었다. 하물며 멀리 바다 가운데에
있으니, 끝내 진강(鎮江)에 있을 때와 같이 남위(南衛)와 호응할 수 없
었다. 하지만 광녕(廣寧)의 어려운 때를 그런대로 대비하여 누르하치

의 승승장구를 막을 수 있을지 모르겠다.

진강(鎭江)의 전쟁은 원래 오랑캐의 간담을 깨트리고 오랑캐를 평정하여 거둔 성과가 아니다. 가만히 앉아서 죽기만을 기다리는 것은 명청한 짓인데, 높은 하늘[九天] 위에서 출동하듯이 싸우고 깊은 땅속[九地]에 감추듯이 수비하는 것이야말로 참으로 승리를 잘하는 장수이니, 이것이 그 출발인 셈이다.

미곶(彌串)을 필두로 오랑캐가 습격한 적이 있는 거련(車輦)에서 모문룡 장군은 비에 젖은 산이 얼어 오랑캐의 인마(人馬)들이 넘어지고 쓰러진 틈을 타서 여러 번 공격하여 수천 명의 사람들을 죽였으니, 대개 병술(兵術)로 적을 이기거나 적은 군사로 많은 군사를 이긴 자이다.

제12회

유거가 있는 힘 다해 진무보에서 싸우고,
나일귀가 죽기 각오하며 서평보 지키다.
劉渠力戰鎮武, 一貴死守西平.

기습군대가 까마득히 멀리서 조선과 이웃한데 | 奇兵迢遞隔朝鮮
북쪽 오랑캐 거침없이 쳐들어와 대천 건너네. | 胡虜長驅涉大川
나중에 보니 나무통 띄워 철기를 태웠거늘 | 已見木罌浮鐵騎
누가 천연요새 의거해 지키며 채찍 던졌던가. | 誰憑天塹扼投鞭
서평보엔 해가 지니 하늘의 깃발 한산하나 | 西平日落旌干冷
광녕 진무보엔 바람 드세 고각소리 들려오네. | 廣武風高鼓角連
근심스럽게도 적 제압하는 웅대한 지략 없이 | 愁是折沖無偉略
오히려 군사와 병마에게 창칼 넘치게 하네. | 却敎士馬飽戈鋋

대체로 지키는 자는 반드시 험준한 곳에 웅거하려 하는데, 그 험준한 곳이란 것이 고산준령과 대천과 넓은 개울가에 불과하다. 그러므로 이 요동(遼東)은 압록강(鴨綠江) 하나로 중국과 조선이 나뉘고 또 삼차하(三岔河) 하나로 하동(河東)과 하서(河西)가 나뉘는데, 산에 길이 있는 곳에는 관문(關門)을 세우고 물이 얕은 곳에는 나루[津渡]를 세운다. 이것이 험준한 요충지이다. 예컨대 하동(河東)에는 청하(淸河)와 무순(撫順)에 있는 각각의 관문으로 누르하치가 들어오는 길목을 통제하였으며, 하서(河西)에는 서평보(西平堡)로 나루가 있는 곳을 이어주는 교량을 장악하였다. 주둔병을 산에 배치하여 거느리게 하면 적군의 수레 2대가 나란히 다닐 수 없어 말이 달릴 수 없는 것을 틈타 적군을 깨뜨릴 수 있으며, 물이 있는 곳에 배치하여 거느리게 하면 혹시 억센 활과 굳센 쇠뇌[勁弓強弩]로 적군이 물의 반쯤 건너오기를 기다렸다가 공격해 연안에 접근하지 못하도록 할 수 있으니, 이것이 모두 험준한 곳에 병사를 배치하는 뜻이다.

　누르하치는 지난번에 동양성(佟養性)·이영방(李永芳) 두 반역 장수와 광녕(廣寧)을 취하기로 도모하였는데, 어찌하든 모문룡 유격이 사위(四衛)와 연결되어야만 누르하치가 만일 요양(遼陽)에서 요하(遼河)를 건너려면 서평(西平)이 앞에서 가로막고 해주(海州) 등 사위(四衛)가 후방에서 추격할까 두려워하여 앞뒤를 두루 돌아보기 어려울 것이었다. 지금 한낱 모문룡 유격이 조선을 다그쳐서 가 있는데도 또 한 부대를 진강(鎭江)에 배치해 주둔하면서 조선을 경계하게 하였으며, 유애탑(劉愛塔)이 군대를 주둔시켜 금주(金州)·복주(復州)·개주(蓋州)의 삼위(三衛)를 지키자 동시에 한 부대를 여순(旅順)에 주둔해 있으면서 등주(登州)·내주(萊州)·천진(天津)의 수병(水兵)을 방비하게 하였다. 배치가 이미 정해지자, 누르하치는 11월 29일 소를 잡고 말을 잡아서 전군[三軍]에게 보내어 위로하였다. 12월 1일 구간(鉤竿: 창날의 양 끝에 날이 있는 창)·구름사다리·포차(砲車) 등 여러 가지를 끊임없이 모두 해주(海州)까지 운반하여 얼음이 단단하게 얼기를 엿보아 요하(遼河)를 건너 광녕(廣寧)을 습격해 **빼앗으려** 하였다. 왕화정(王化貞) 순무가 이를 알고서 의용군 5영[義勇五營]을 죄다 동원하여 삼차하(三岔河)에 가 얼음을 깨고 다시 강 연안에 순작선(巡綽船: 순시선)을 배치해 사람을 시켜 서로(西虜: 몽골병)에게 이를 알리도록 한 뒤 7천 명의 병사를 빌리고는, 유격 유세훈(劉世勛)에게 1천 명의 병사를 거느리고서 서로(西虜)들과 같이 주둔하며 그들을 누르하치의 군대에 대해 정탐하도록 해 한꺼번에 강을 건너면 바로 공격하라고 분부하였다. 또 부장(副將) 포승선(鮑承先)으로 하여금 병사들을 거느리고 대흑산(大黑山)에 있으며 깃발을 두루 꽂은 뒤 불을 붙여서 누르하치가 의심하여 감히 가벼이 나서지 못하게 하라고 명하였다. 또 유격 주응건(周應乾)에게 미리 유하(柳河) 지역에 가서 수비병을 배치하도록 분부하였는데, 적의 경계병 수백 명을 만나 주응건이 적군 3명을 베어 죽였고 7명을 사로잡았다. 누르하치의 대군(大軍)은 끝내 해주(海州)에 주둔하고 움직이지 않았다.

그 다음해 정월에 이르러 누르하치는 내통자를 찾아낸 뒤 결국 병력을 세 방면으로 나누었으니, 한 부대는 유하(柳河)로 떠나고 한 부대는 삼차하(三岔河)로 떠나고 한 부대는 황니와(黃泥窪)로 떠났다. 모두 상류에 있으면서 큰 나무를 계속 죽 늘어서게 하고 그 위에 모래와 흙을 뿌리고는 이 나무 저 나무를 서로 둥글게 감아 매듭을 지어 흐르는 강물을 따라 내려보내 좁은 곳에 이르러 그 나무들을 연결하고 강물을 건너기로 정한 뒤 곧바로 서평보(西平堡)를 공격하였다. 이때 서평보를 지키고 있던 참장(參將) 나일귀(羅一貴)는 관서(關西) 출신의 영웅으로 대적할 자가 없는데, 지난날 웅정필(熊廷弼) 경략이 그의 용맹함을 알고 몇 차례 자문(咨文)으로 뽑아 쓰려 한 적이 있었다. 이제 그가 지키고 있는 서평(西平)의 성안에는 용감히 싸울 7천 명의 병마가 있었는데, 누르하치가 변경에 침입한 것을 알고서 한편으로는 급히 요양(遼陽)에 보고하고 다른 한편으로는 보문(堡門)을 굳게 닫고 깃발을 거꾸러진 채로 두도록 분부하며 단지 성가퀴[垛口]에 굳센 활과 억센 쇠뇌와 화기(火器)도 아울러 배치하고 누르하치의 군대를 기다렸다. 생각한대로 누르하치의 군대가 돌진해 왔는데, 성위에 깃발들이 없는 것을 보고는 말하자면 성안의 사람들이 이미 도망간 것으로 생각하여 일제히 말을 풀어놓고 서둘러 쳐들어왔던 것이다. 성의 주변에 도착하자 한차례 포 소리가 크게 울리더니 깃발들이 일제히 세워지고 억센 쇠뇌와 화기(火器)를 마구 쏘았는데, 누르하치의 병사들이 맞아 죽은 시신들이 땅에 가득 버려졌고 피가 흘러 내를 이루었다. 나일귀(羅一貴) 참장은 다시 보문(堡門)을 활짝 열더니 스스로 말을 타고는 한도(捍刀)를 들고 정예병 500명을 거느리고서 일제히 세차게 나갔다. 적군을 죽이러 뒤쫓아 약 5리 정도 갔을 때, 멀리 누르하치가 직접 거느린 대군(大軍)이 이미 오고 있는 것이 보이자 나일귀(羅一貴) 참장이 군사들을 돌렸는데, 누르하치의 군대는 이미 2천여 명이나 손실을 입었다.

그래서 누르하치가 이영방(李永芳)에게 물었다.

"성을 지키는 장수는 누구기에 이와 같이 용맹하단 말인가?"

이영방이 말했다.

"이전에 알아보았더니 나일귀(羅一貴)이었고 중국의 용맹한 장수였습니다."

누르하치가 말했다.

"자네가 병사를 거느리고 가서 공격하여 형편이 닿는 대로 그를 불러 와 쓸 수 있도록 하라."

이영방이 곧 병사를 통솔하고 앞으로 나아와 생각을 말했다.

"사람은 위급한 순간에 미치지 않으면 기꺼이 투항하려고 하지 않는다."

그리고는 우선 서평보(西平堡)를 겹겹이 포위하기로 하고 하루 동안 공격하였는데, 나일귀(羅一貴) 참장이 갖은 방법으로 미리 준비해 막아서 때려 부술 수가 없었고 누르하치의 군대는 화기(火器)에 많이 다치고 말았다. 이영방(李永芳)이 계책을 꾸미며 야간을 틈타서 10개의 구름 사다리를 설치했는데, 아래는 통나무를 사용하고 상부는 정예병으로 가득한 체하여 멀리서 성 주변으로 밀고 나가 성 위를 오르려 했다.

예기치 않게 빨리 성에 도착하였거늘, 갑자기 성가퀴에서 허다한 철조각을 날려 보내며 구름사다리를 버텨내 성에 가까이갈 수가 없었다. 그래서 물러나려고 할 때에 성 위에서 또 허다한 갈고리[撓鉤]를 날려 보내 구름사다리에 걸쳐놓아 물러설 수가 없었는데, 성안에서 또 활과 화기(火器)를 구름사다리를 향해 막 쏘아대 구름사다리 위에 있던 사람들이 도망할 수가 없어 사살되거나 타살되거나 아니면 땅으로 떨어져 죽었다. 하룻밤을 난리로 보냈지만 승리할 수 없었고 다음날 아침까지 싸움이 연장되자, 이영방(李永芳)이 직접 말을 타고서 양쪽에 초항기(招降旗: 항복을 권하는 깃발)를 쳐들고 몇몇의 용맹한 달자(韃子)들에게 둘러싸여서 성벽의 망루(望樓)로 향하여 나일귀(羅一貴) 장군에게 대답하라고 하였다. 나일귀 참장이 곧 성벽의 망루에 기대어 그를 보았다. 이영방(李永芳)이 말했다.

"나 장군, 우리 병사들이 함께 오면서 패배시키지 않은 군사가 없고 부수지 않은 성이 없거늘, 그대는 이 서평(西平)을 요양(遼陽)과 비할 수 있겠소? 성문을 열고 서로 만나보는 것만 못할 것인바, 나는 그대가 진수 광녕 대총병(鎭守廣寧大總兵)이 되도록 책임질 것인데, 무엇이 안타까워 양측에서 인마(人馬)들을 죽이거나 다치게 한단 말이오!"

나일귀(羅一貴) 참장이 곧장 크게 꾸짖으며 말했다.

"역적 놈아! 네놈은 어찌하여 나일귀가 사내대장부 호걸인 줄 몰라보느냐? 내가 기꺼이 네놈에게 항복하려 하겠느냐!"

말이 끝나자 쌩하며 화살 하나가 이영방(李永芳) 쪽으로 발사되어 날아오니, 이영방이 날쌔게 피하자 그의 가정(家丁) 한 명이 일찌감치 맞아 죽었다. 이영방이 몹시 노하여 성을 공격하라고 고함치자, 누르하치의 군대가 사방에서 벌떼처럼 쇄도하여 공격했다. 이에, 저 나일귀(羅一貴) 참장은 전혀 두려워하지 않고 진지에 초항기(招降旗)를 세우고서 한차례 화기(火器)로 누르하치 군대를 공격하여 40보 내지 50보를 퇴각시켰다. 이영방은 몹시 화내다가 먼저 후퇴한 자 몇 명을 베고서 다시 올라가라고 재촉하며 반나절 동안 공격했지만 또다시 화기(火器) 에 타격만 입었다.

양측에서 극력 서로 대치하다가 막 후퇴해 가려고 하는데 다시 이병 (夷兵: 남방 오랑캐 병사)이 와서 보고했는데, 광녕(廣寧)에 있던 병마(兵 馬)가 돌진해 온다는 것이다. 누르하치는 곧 이영방(李永芳)과 의논하 였다.

"만약 병사들을 후퇴시켜 가려 해도 나일귀의 성안 병사들과 저들 의 구원병들이 다 같이 뒤쫓아 올 것인데 앞에 삼차하(三叉河)가 놓여 있어 한 동안 후퇴할 수가 없다. 차라리 병사 수천 명을 남겨 서평(西 平)의 군사를 옴짝달싹 못하게 해놓고, 만약 우리 대군이 저들의 구원 병과 죽이다가 저들의 구원병을 싸워 물리친다면, 서평(西平)은 고립 된 성이 되고 말 것이니 항복하지 않는 것을 두려워하지 않아도 된다."

두 사람이 의논하는데 마침 또 누군가가 이영방(李永芳)에게 편지를 보내어 그에게 달병(韃兵)과 싸우도록 하고, 이때 오로지 군대의 중간 을 공격하면 승리할 수가 있을 것이라고 하였다. 이영방이 이를 누르 하치에게 설명하고, 병사들을 남겨서 공격하면 성안의 병사들과 저들 의 구원병이 합세할 것이니, 다가오면 맞아 싸우거나 바로 광녕(廣寧) 을 공격하기로 하였다.

멀리 바라보니, 남병(南兵: 중국군)이 이미 사령(沙嶺)을 넘어오고 있 었는데 남쪽 선봉부대는 왕화정(王化貞) 순무의 표하군(標下軍) 장관(將 官) 손득공(孫得功)과 황진(黃進)이었고 북쪽 후방부대의 두 대장은 총병 (總兵) 기병충(祁秉忠)·유거(劉渠)이었다. 먼지를 일으키며 서로 마주하 여 대략 반 리(半里)쯤 거리가 되자, 두 총병이 적군을 보고 화기관(火器

官)에게 분부하여 얼른 화기를 쏘게 하였다. 이 한바탕의 화약 연기는 피차를 가려 서로 볼 수가 없었다. 손득공(孫得功)·황진(黃進)이 그 상황을 틈타 말 한 필을 데리고 옆쪽의 구석으로 끌고 갔는데, 한 명은 재빨리 좌측에 피해 있고 또 한 명은 우측에 피해 있으면서 말했다.

"유거(劉渠) 총병 나리와 기병충(祁秉忠) 총병 나리께서 먼저 오르십시오."

기병충 총병이 바로 장수들을 거느리고 군사들을 재촉하여 출발하였으며, 유거 총병도 칼을 쥐어들고서 장수와 군사들에게 적을 베러 올라가라고 독려하였다. 쌍방의 대전은 2시간이나 계속 되었다.

말발굽에 먼지가 일어나고 칼이 눈처럼 휘날렸다. 둥둥 기운찬 북소리는 마치 봄 뇌성(雷聲)이 울린 듯했고, 시끌벅적 군대의 함성(喊聲)은 마치 태산을 무너뜨릴 것 같았다. 화살을 들고 일어선 곳에는 활이 보름달처럼 팽팽하게 당겨졌고, 날아오는 창이 보이는 곳에는 칼이 서릿발이 서 있었다. 허공에서 피비가 날리니 장한 군사들의 속마음이 토로되어 휘날리는 듯하고, 온 들판에 시신들이 쓰러졌으니 영웅들의 장부다운 기골이 부서져 뒤죽박죽 쓰러진 듯하다. 바로 이러하다.

각자 임금께 충성하려는 뜻 안고	各抱忠君志
다 같이 적을 죽이려는 마음 품었네.	齊懷殪敵心
깃발과 수레 쓰러졌을 줄 뉘 알았으랴	誰知旗轍靡
유령 불이 곤륜산 북쪽에 가득하도다.	鬼火滿山陰

유거(劉渠)·기병충(祁秉忠) 두 총병이 누르하치와 마침 한창 싸우고 있는데, 쌍방 모두 살상자가 있었지만 다 후퇴하려 하지 않았다. 만약 손득공(孫得功)·황진(黃進)이 기습군[奇兵]을 두 부대로 나누어 측면을

따라 돌진했으면 승리할 수도 있었다. 누가 알았으랴만, 그 두 놈의 장관(將官)은 누르하치가 미처 요하(遼河)를 건너기도 전에 벌써 사람을 보내어 투항을 약속한지라 광녕성(廣寧城)을 바치려고 이번 싸움에 패하려던 참이었다. 손득공이 먼저 말을 이끌고 고함소리를 한 번 지르고는 말했다.

"군대가 패하였다, 군대가 패했다!"

몸을 돌려 바로 달아났다. 황진도 똑같은 모양으로 소리 질렀는데, 두 사람이 자신의 부대를 거느리고 먼저 달아났던 것이다. 저 두 총병에게 딸렸던 인마(人馬)들도 그 말을 듣고서 또한 걸음아 나살려라 어지러이 달아났다. 누르하치 군대가 그 상황을 틈타 한번 휘몰아쳐 와서 산두전(鏟頭箭: 좋지 않은 화살)을 마구 쏘았는데, 기병충(祁秉忠) 총병이 일찌감치 목구멍에 화살 한 발을 맞아 전쟁터에서 죽었다.

비쩍 수척하여 옷조차 이기지 못하나	岩岩瘦骨不勝衣
나라의 충성에 미약한 힘인들 사양하랴.	報國寧辭身力微
싸움터에서 머리 부서졌어도 비웃지 마라	碎首沙場君莫笑
저세상인들 응당 기뻐하며 온전히 돌아가네.	九原應自喜全歸

유거(劉渠) 총병이 기병충(祁秉忠) 총병이 말에서 떨어지는 것을 보고 바로 손을 내밀어 부여잡으려 하자 예기치 않게 부하 병사들이 도리어 부딪치고 되돌아갔는데, 유거 총병은 한 번 충돌에도 말이 넘어져 땅에 떨어졌다. 유거 총병은 일이 잘못되었다는 불길함을 예감하고 말을 몰던 가정(家丁) 유양(劉亮)에게 황망히 말했다.

"빨리 집으로 돌아가서 부인에게 알리되, 80세 노모를 잘 모시라 하고 나는 나라를 돌보느라 집을 돌볼 여유가 없었다고 해라."

말을 다하고 나서는 다시 말을 타지도 않고 벌써 칼을 들고서 적을

베어 죽이러 갔지만 도리어 한 무리의 달병(韃兵)에게 휩쓸리고 말았
는데, 유거 총병은 일찌감치 보이지 않았다.

아, 고향집에 계신 늙으신 어버이가 그리우니	也戀高堂有老親
국난에 처해도 자주 부모 은혜 잊기가 어렵네.	臨危難忘主恩頻
문에 기대어 자식 생각느라 눈물 흘리지 마소	倚門莫洒思兒淚
나라에 충성하려면 몸을 돌보지 않아야 하네.	報國由來不計身

　두 총병의 부하들은 3분의 2가 없어졌으나, 손득공(孫得功)·황진(黃
進) 두 사람은 반대로 줄곧 약탈하며 말했다.
　"누르하치의 대군(大軍)이 쳐들어왔다."
　연도의 놀란 백성들은 살기 위해 도망치지 않은 자가 없었는데, 일
찌감치 광녕성(廣寧城)을 벌벌 떨도록 하였다. 이쪽에서 나일귀(羅一貴)
참장(參將)이 서북쪽에 먼지가 크게 이는 것을 보고서 구원병이 온 줄
로 알고 부하들에게 분부하였다.
　"단지 구원병이 올 때까지만 기다렸다가 일제히 돌진해 안과 밖에
서 협공하여 달자(韃子) 놈들을 죄다 베어 죽여라!"
　다만 보니 몇 시간이 지나 먼지가 가라앉았을 뿐인데, 성 아래에 다
시 온 달자(韃子)들은 모두 남병(南兵)의 수급(首級)을 들고 항복을 권유
하러 왔으니, 나일귀 참장이 말했다.
　"끝났구나, 구원병은 이미 패했을 것으로 생각된다."
　그리고는 서둘러 성안에 아직 화약이 얼마나 남아 있는지 물으니,
군사가 대답했다.
　"10여 근(斤)이 넘지 않을 것입니다."
　나일귀(羅一貴) 참장이 말했다.
　"이와 같으면 어찌 누르하치 군대를 물리칠 수 있겠느냐?"

그의 부하 천총(千總) 염부(冉富)가 말했다.

"구원병이 오지 않았으니, 비록 지키지 못해 성이 함락되었을지라도 그 잘못이 우리에게 있는 것은 아닙니다. 죽기에 이르렀으니 성을 나가 광녕(廣寧)으로 달아나서 대군(大軍)이 오기를 기다렸다가 성을 회복하는 편이 나을 것입니다."

나일귀 참장이 말했다.

"수비를 맡은 장수는 응당 성과 같이 죽든지 살든지 해야 한다."

그리고는 생각하고 생각하다가 북쪽을 향해 절하고 또 두 번 절한 뒤에 말했다.

"신하가 힘이 다했으면 결단코 구차스럽게 살려고 나라를 저버려서는 안 된다."

그러더니 허리에 찼던 칼을 뽑아 목을 찔렀다. 좌우에 있던 사람들이 황망히 와서 칼을 빼앗으려 했을 때, 그는 더욱 세차게 목구멍을 이미 끊어버려서 피가 샘솟듯 흘러 벌써 죽었다.

궁색한 오두막에서라도 무릎 꿇기 부끄러워	羞屈窮廬膝
차라리 목구멍 찌르는 사람이 되고 말았네.	寧爲刎頸人
충성스런 넋이야 다시 돌아오기 어려우나	忠魂難再返
의지와 기개는 오랠수록 오히려 새로우리라.	意氣久猶新

성안에는 우두머리 장수[主將]도 없고 화기도 다 없어졌는데, 적군이 구름사다리를 걸치고 성에 바싹 다가붙어 올라왔다. 나일귀 참장의 부하들은 그의 충의(忠義)에 감동되어 한 명도 기꺼이 투항하려 하지 않고 성위에서나 거리에서나 모두 목숨 바쳐 싸웠다. 비록 누르하치 군대에게 한 명도 남김없이 죽었지만, 그래도 누르하치의 병사들을 허다하게 죽였다.

솜옷 껴입은 듯 성상의 은총 두터이 받았으니	挾纊蒙恩厚
나라 위해 목숨 바치며 의리를 깊이 사모했네.	捐軀慕義深
황천에서라도 서로 어울려 지내기를 바라나니	重泉願相逐
나라의 은혜 갚으려는 마음이 똑같이 있을지라.	酬國有同心

누르하치는 각 군사가 죽기를 각오하고 싸운 것을 의심쩍어 했기 때문에 적을 살상한 것이 매우 많았지만 온 서평보(西平堡)의 백성들을 남녀노소 가리지 아니하고 죄다 도륙하고 닭과 개도 남기지 않고 약탈해간 뒤, 다시 누르하치를 따르는 대군이 함께 광녕(廣寧)을 공격하였다.

이때 누르하치는 웅정필(熊廷弼) 경략이 우둔(右屯)에서 군사를 일으켜 구원하러 온다는 것을 들었는데, 호감(虎憨: 虎墩兔憨)이 거느린 군대가 진정보(鎭靜堡)의 진원관(鎭遠關)에 주둔하고 있는데다 유거(劉渠)가 비록 패했을지라도 광녕(廣寧)에 도리어 대군(大軍)이 있으니, 손득공(孫得功)이 거짓 항복했을까봐 염려하여 그를 깊숙이 들어오도록 유인해 대군을 사령(沙嶺)에 주둔해 있게 한 뒤, 수십 명의 기마 유격병을 보내어 미리 가서 정탐해오도록 해 거취를 결정하려 하였다. 다만 잘 몰라도 앞장서서 싸우기를 주장하는 왕화정(王化貞) 순무는 한두 군대를 동원해서라도 싸우러 오겠지만, 오로지 지키기만을 말하는 웅정필(熊廷弼) 경략은 왕화정 순무를 도우면서도 광녕(廣寧)을 고수할 수 있겠는가. 아마 이러할 것이다.

겹 관문이니 난공불락 요새 장악하기 어렵거늘	重關難把丸泥塞
변고가 집안에서 일어나니 지탱할 수가 없도다.	變起蕭墻不可支

하서(河西)의 전쟁은 나아가 싸우는 것으로 성을 지켰으면 당연히

병사로 오랑캐가 반쯤 건넜을 때 맞받아치는 것도 또한 마음대로 할 수 있었을 것이다. 그리고 지키는 것으로 싸움을 대비했다면 의당 막강한 군대를 광녕(廣寧)에 배치하고 웅정필 경략에게 지원을 청했어야 했을 것이다. 다시 서로(西虜)가 오기를 기다렸다가 그 서로(西虜)를 이용하는 효과를 보아야 했을 것이다. 그래서 서로(西虜)가 이미 강 건너기를 기다렸다가 도중에 일이 어그러져 장수를 보냈는데도 싸움에 지자 성안이 끝내 동요하였으니, 거의 싸우는 것이든 지키는 것이든 모두 근거가 없다는 것에 가깝지 않으랴. 애석한 일이로다.

　헤아려 보건대, 양호(楊鎬) 경략은 우활한 늙은이이고 왕화정(王化貞) 순무는 맹랑한 서생(書生)이니, 모두가 일을 실패했던 까닭이다.

제13회

광녕성에서 반역 장수가 오랑캐에게 항복하고,
송산보에서 고방좌 감군이 의리를 지켜 죽다.

廣寧城叛將降奴, 松山堡監軍死義.

전쟁터에서 말로 사람 해치기를 일삼으며 | 疆場事口兵
싸우느냐 지키느냐 두고 거침없이 논하지만, | 戰守論縱橫
식견은 짧으면서 고질적으로 말이 많으니 | 識短議多癖
마음에 씩씩하고 힘찬 기개가 절로 생기네. | 心雄氣自生
제 옷을 벗고 한숨지으며 전쟁을 도우나 | 解衣嗟助鬪
거문고에 아교 붙여 웃으며 연주하는 격이니, | 膠柱笑調箏
나라의 어려움을 누가 구원할 것이며 | 國難誰爲拯
오랑캐 먼지 어찌 쉬 쓸어낼 수 있으랴. | 胡塵豈易淸
나라는 가련케도 박같이 갈라지고 나뉘고 | 瓜分憐土宇
백성들 애석케도 초개같이 업신여겼는데, | 草菅惜黎氓
다시 징병과 수운이 그치지 않고 | 無復徵輸息
여전히 천자는 밤낮으로 부지런히 힘쓰시네. | 還勤宵旰營
긴 밧줄 청하여 수치스럽게도 경솔히 받아들고 | 請縷羞浪許
중임을 감당하지 못해 헛된 명성이 부끄럽거늘, | 覆餗愧虛聲
삼차하 서쪽 땅을 머리 돌려 보노라니 | 回首河西地
가슴 어루만지고 아직 평정치 못함이 한스럽네. | 捫心恨未平

　　관리가 된 자는 일 처리하는 것이 맞장구를 쳐서 그저 남이 하는 대로 따라 해서는 아니 되고, 또한 마음을 합치지 않고 각자 의견을 내어서도 아니 된다. 처음에는 우연히 각자 그 옳고 그름의 하나만을 보였다가, 그 뒤에는 결국 상대가 그르다고 한 것을 옳다 하고 상대가 옳다고 한 것을 그르다고 하기 마련이다. 게다가 고집스런 뜻과 기세까지 더해 또 자기 당파만 두둔하는 친구를 도우니, 얼음과 숯이 한데 엉기지 못하듯 하고 물과 불이 반드시 서로 견제하듯 했다. 그러나 우리가 다투는 것이 아마도 나랏일을 그르칠 것을 알지 못하고 어찌 도리어 다투는 것으로 인하여 나라를 그르치는 데에 이른단 말인가. 모문룡(毛文龍) 유격의 진강(鎭江)과 관계된 일에 대해, 왕화정(王化貞) 순무는 모문룡이 진강을 회복한 장본인으로 믿지만 반드시 그런 정도는 아니며, 웅정필(熊廷弼) 경략은 모문룡이 세 방면의 지휘 통솔을 파괴한 것으로 말하나 지나치게 각박한 것이다. 양쪽에서 공로이라거나 잘못이라며 다투어 끝내 합치하지 않는 지경에 이르렀지만, 한때 적을 섬멸하면서 서슬이 퍼렇던 뜻과 기개에 대해 모두 공문과 상소문의 말다툼에서도 사람들은 또 편들어 두둔하지 않음이 없었다. 이에, 강병겸(江秉謙) 시어사(侍御史)가 말했다.

"싸우거나 지키자는 의견을 따른 것이 아니고 경략 웅정필(熊廷弼)과 순무 왕화정(王化貞)의 의견을 따른 것이었다."

또 말했다.

"경략과 순무가 불화한 것이 아니라 경략과 순무를 좋아하고 미워하는 자들이 불화한 것이고, 경략과 순무가 불화한 것이 아니라 경략과 순무의 측근들이 불화한 것이다."

이에 대해 당사자들도 깨닫지 못하고 측근 보좌진들도 또 깨닫지 못하여 일을 그르치는 데에 이르렀으니 어찌 애석하지 않으랴.

누르하치는 이미 서평보(西平堡)를 함락시키고 대군(大軍)을 사령(沙嶺)에 주둔해 있었다. 이때 왕화정 순무는 손득공(孫得功) 등이 돌아와서 유거(劉渠)가 패했다는 보고를 하였기 때문에 황급히 사람을 시켜 웅정필 경략에게 군사를 독려하여 구원해주기를 재촉하고, 또 사람을 시켜 서로(西虜)에게 지원해주기를 재촉하였는데, 성안에서 싸우고 지키는 것에 대한 일처리를 강조동(江朝棟)과 손득공(孫得功)에게 관리하도록 맡겼다. 22일에 이르러 성안에서 난이 일어났다고 전하는 소리를 얼핏 들었다.

"누르하치의 군대 20만 명이 이미 사령(沙嶺)을 넘었고, 성에서 떨어진 거리가 1,2리를 넘지 않아 조금 후에 도달할 것이니 빨리 맞아들여야만 죽음을 면할 것이다."

강조동(江朝棟)과 고방좌(高邦佐) 감군이 황망히 와서 진압하려 했으나, 어떻게 진압할 수 있었으랴. 일치감치 손득공(孫得功)이 가정(家丁)들을 거느리고 화약고(火藥庫)에 와 있는 것이 보였는데, 바로 각 군(各軍)이 화약을 받아 성 위에 재어둔 것을 탈취해 가지고 와서 봉쇄해버린 것이다. 그 나머지 병장기와 군량의 각 창고도 황진(黃進)이 또 이미 제각기 봉쇄하고 사람을 시켜 망을 보게 하였다. 이 때문에 성안의 백성들은 처자식들을 데리고 가업을 포기한 채로 서문(西門)에 밀어닥쳐 살면서 각기 목숨을 위해 달아날 생각만 하였다. 바로 이러하다.

요란스럽게 전쟁을 피하려고	擾擾避干戈
앞을 다투는 것이 물결 같네.	爭先似逝波
부모 부르며 어린자식 슬퍼하고	呼親悲幼子
짝 잃은 아리따운 여인들 우네.	失侶泣嬌娥
앞 다투느라 수레의 굴대 꺾이니	車折爭先軸
사람들 노새 타려 고삐를 잃었네.	人騎失轡騾
급히 도망치려 천천히 가는 이 없는데	急行無緩步
자기 혼자 헛디디어 넘어지니 탄식하네.	獨自嘆蹉跎

　육가삼시(六街三市)의 번화가에서는 바로 사람들이 밀치락달치락 붐벼 전진할 수가 없었다. 게다가 한 무리의 난민들은 한동안 머리를 깎은 대조(待詔: 문서 대조 관원)를 찾을 수가 없는데, 머리를 번들번들하게 깎은 자들이 길가에서 가로막고 말했다.

　"일단 부녀자들과 재물은 모두 남겨두어 달병(韃兵)들을 위로하려 한다."

　그리고는 제멋대로 약탈하며 길 지나가는 것을 용납하지 않았다. 한 무리의 목숨을 아끼고 죽음을 두려워하는 후안무치의 향신(鄕紳: 고을 선비)들은 흰옷에 각대(角帶)를 하고, 수재(秀才)들은 푸른 옷에 두건(頭巾)을 쓰고서 행패를 부리는 무뢰배군사들을 이끌고는 모두 떠들썩하게 용정(龍亭: 나무 위패)을 맞들고 나가 누르하치를 영접하려 하였지만, 여전히 꿇어앉을 줄도 허리를 굽혀 절할 줄도 모르면서 거리를 더욱 가득 메웠다.

　강조동(江朝棟)이 이런 광경을 보면서 말했다.

　"일을 그르쳤구나."

　그리고서 황망히 말을 타고 군문(軍門)에 갔다. 군영(軍營)의 문이 이미 활짝 열려 있었는데, 군문에서부터 당상(堂上)에 이르기까지 도망쳐서 한 사람도 남아있지 않았고 수령의 관사까지도 닫혀있었다. 그가 발로 문청(門廳: 현관방)을 차버리고 곧장 침실에 들어갔다. 단지 보이는 것이라고는 왕화정(王化貞) 순무가 여전히 한 장의 편지를 쥐고 멍하니 보고 있었는데, 갑자기 머리를 돌려 강조동(江朝棟)이 서둘러 온 것을 보고 깜짝 놀라며 크게 화를 내어 말했다.

　"그대가 성을 지키러 가지 않고 무엇 하러 여기에 왔느냐?"

　강조동(江朝棟)이 말했다.

　"아직도 성을 지키라는 말씀을 하시다니, 성안에서는 민란이 일어나 성문을 열어놓고 적에게 항복하고는 당신을 결박해가는 공을 바치려 하나이다. 사태가 급하니 얼른 가사이다, 빨리 가사이다."

그리고 그는 왕화정(王化貞) 순무의 회답[回言]을 기다리지 않은 채, 왕화정 순무를 억지로 끌어당겨 관아를 나섰다. 급히 말을 찾고 있을 때, 성 밖에는 일군의 척후병(斥候兵)들이 출입하면서 타던 말들이 있었지만, 관아에 있던 사람들이 먼저 타고 도망가 버렸다. 다행히도 한 장관(將官)이 사람을 시켜 말 7필과 낙타 2마리를 보내어 왕화정 순무가 관아에서 벗어나 오기를 기다리고 있었다. 강조동(江朝棟)이 황망히 말을 끌어와 왕화정 순무를 손으로 떠받쳐 말에 오르게 하였다. 관아에 있던 왕화정 순무의 가족들이 방에서 4개의 상자를 꺼내어 낙타에 실었는데, 먼저 온 가족들은 말에 타기도 했지만 뒤에 온 가족들은 그저 걸어가야만 했다. 서둘러 성문에 다다랐지만 또 한 무리의 난민들을 만났는데, 그들은 성문을 꽉 막아서서 백성들의 재물을 약탈하며 왕래하지 못하게 하였다. 이때 왕화정 순무의 하인들이 큰 소리를 질러 말했다.

"도야(都爺: 도어사 웅정필의 일행인 듯 가장한 것임)께서 오시니 길을 비켜라!"

뜻밖에 한 난민이 말했다.

"이 도야(都爺)를 바로 잡아가서 공을 청하자."

그리고는 얼굴을 향해 일격을 가했으나, 한 집안 사람이 적기에 와서 구원하여 왕화정 순무는 다치지 않았지만 그 집안사람이 대신 맞아서 피가 얼굴에 가득히 흘러내렸다. 4개의 상자를 보고서 난민들이 말했다.

"남겨두었다가 달왕(䚜王)에게 바쳐야겠다."

이렇게 말하며 모두 빼앗았다. 왕화정 순무가 말했다.

"이것들은 서찰일 뿐, 다른 물건은 없다."

사람들이 상자 하나를 풀어헤치니 아닌 게 아니라 정말로 서책이었지만, 기꺼이 왕화정 순무에게 돌려주려 하지 않고 가지고 가서는 어지러이 내어던져 버렸다. 빽빽하게 몰려들어 붐비며 이 사람은 묶으려 하고 저 사람은 가지려 하니 정작 풀어헤치려고 했으나 하지 못했다. 마침 강조동(江朝棟)이 자신의 가정(家丁) 몇 명을 데리고 서둘러 왔는데, 이런 광경을 보고서는 황망히 칼을 뽑아 마구 베고 왕화정 순무를 지켜 성 밖으로 나갔다. 길에서 요동 사람 수천 명을 만났는데, 서로(西虜)로 가장하여 큰길을 막고 약탈하였지만 다행히 강조동을 온전하게 보호하고 여양(閭陽)으로 가서 웅정필 경략에게 의탁할 수 있었다.

그 나머지 각 감군(監軍)의 수순(守巡: 관원)들은 풍문만 듣고도 달아나지 않은 자가 없었다. 오직 고방좌(高邦佐) 감군만이 마침 성위에서 군사들을 점검하고 있다가 성안에서 반란이 일어났다는 소식을 듣고 급히 성으로 내려왔다. 이때 한 무리의 수재(秀才)들을 만났는데, 용정(龍亭: 나무 위패)을 빽곡히 둘러싼 채 앞으로 나아가고 있었다. 고방좌 감군이 말했다.

"여러 서생(書生)들은 글을 읽었거늘 어찌 대의를 알지 못하고 어떻게 이런 행동을 한단 말인가?"

그리고 문득 보니, 사람들이 말했다.

"노대인(老大人: 영감님), 목숨과 관계된 일이니 그런 가혹한 말씀을 해서는 안 됩니다."

사람들이 함께 헤헤거리며 가버렸다. 고방좌(高邦佐) 감군이 큰소리로 질책하며 황망히 말을 채찍질하여 무대(撫臺: 순무 왕화정)를 보러 갔다. 뜻밖에 손득공(孫得功)을 만났는데, 그는 마침 창고를 봉하고 돌아오다가 서로 맞닥뜨려서 말했다.

"고 선생, 함께 가서 호감(虎憨: 虎墩兎憨)을 영접하는 것이 어떠하오?"

고방좌 감군이 얼굴까지 빨개져 말했다.

"손득공, 나라의 깊은 은혜는 말할 필요가 없고 왕화정 순무께서 네 놈을 박하게 대하지 않았거늘 어떻게 이런 뜻과 기개로 적을 죽이러 가지 않고 도리어 적에게 항복하러 간단 말이냐!"

채찍으로 그를 가리키며 또 말했다.

"진실로 개돼지만도 못하구나."

손득공이 비웃으며 말했다.

"개돼지만도 못한 자야 우리 가운데 한 사람에만 그치지 않을 것이오."

부하들이 고방좌 감군이 손득공의 기분을 상하게 하는 것을 보고 막 살해하려고 하여 손득공이 손을 흔들어 멈추게 하자, 고방좌 감군이 말에 뛰어올라 타고 가버렸다. 군영(軍營)의 문에 도착하자 왕화정 순무는 이미 떠났고 각 도(道)의 장수들도 이미 연이어 성을 탈출했다는 것을 알고서 겨우 관아로 되돌아와 두 하인 고후(高厚)와 고영(高永)을 데리고 또 멀리 여양(閭陽)을 바라보며 출발하였다.

고방좌 감군 일행이 송산(松山) 지역에 도착하여 생각하였다.

'조정이 나를 감군(監軍)에 명한 것은 패배한 군대와 반란한 군대를 감독하라는 것이다. 하물며 광녕(廣寧)에서는 적군이 미처 오기도 전에 먼저 스스로 뿔뿔이 흩어졌으니, 무슨 관군의 직분이라 할 것이고 무슨 신하의 절개라 할 것이며, 무슨 얼굴로 조정을 대할 것이고 부모를 대할 것이랴?'

저녁 무렵에 쉬고자 숙박하게 되었는데, 갑자기 두 하인을 불러 말했다.

"나는 나라의 은혜를 입었으니 한번 죽기를 주저하지 않는다. 다만 너희 두 사람은 나의 해골을 잘 거두어 가서 나의 어머님을 뵈어라. 그리고 나의 유골은 나의 아버지 무덤 곁에 묻어서 나랏일에 목숨을 바친 아들이 아내의 수중에서 숨을 거두지 않았음을 알게 해다오."

고영(高永)이 듣기를 마치고 큰 소리를 내어 울며 말했다.

"태부인(太夫人: 모친)께서 집에 계시며 날마다 나리가 금의환향하기를 바라시는데, 왜 꼭 목숨을 바쳐 절개만 지키려 하시고 집으로 돌아가 한번 만나 뵙지 않으십니까?"

고방좌 감군이 말했다.

"나도 내 어머니께서 이미 84세이시고 아들이 아직 장성하지 않았다는 것을 알지만 의리상 살 수가 없다."

고후(高厚)도 울며 말했다.

"나리, 지금 순무(巡撫)와 각 도장(道將) 중에서 어느 한 명도 돌아오지 않았는데 나리만 어찌 이렇게까지 할 필요가 있나이까?"

고방좌 감군이 말했다.

"각자 자기 뜻대로 행하는 것이니, 너희 두 사람은 귀찮게 굴어 나의 마음을 다시 어지럽히지 말거라."

이윽고 물을 끓여 목욕하고 변함없이 그대로 관대(冠帶)를 한 채 편지 한 장을 썼으니, 이러하다.

「남자가 나라의 은혜를 입고 능히 나라를 위해 변방을 지키지 못했으니, 한번 죽는다 해도 여전히 속죄하지 못한 것이옵니다. 오직 고향집에서 백발을 늘어뜨리고 계시는 어머님을 받들어 모시지 못함을 생각하니, 의당 구천(九泉)에서 한을 품고 있을 것입니다. 하지만 충과 효를 온전히 보존하지 못한 것은 어머님께서도 용서해주시고, 충과 효가 집안에 전해지는 것은 어머님의 훈계이니 어머님께서 즐겁게 들을 만한 것이옵니다. 아득히 떠도는 넋은 어머님 슬하에 맴돌기만을 아나이다.」

편지를 부탁하고 막 자결하려 하니, 두 하인이 또 붙잡아 놓아주지 않자, 고방좌 감군이 크게 화내며 말했다.

"너희는 내가 감옥에서 죽거나 저자거리에서 죽기를 바라느냐?"

두 하인이 내쫓겨 방밖으로 나왔다. 고방좌 감군이 서쪽을 향해 절하여 황제와 어머니에게 인사하자마자 즉시 대들보에 줄을 매어 자결하였다.

고향집 백발 어머니와의 정을 잊지 못하여	高堂白髮也縈情
예를 갖춰 찾아뵈려고 감히 목숨을 아끼랴.	委贄如何敢愛生
객사에서 죽은 영혼이 흩어지지 않은 듯	客舍英魂疑未散
표표히 바람 따라 멀리 흰 구름이 떠다니네.	飄飄遠逐白雲行

고영(高永)과 고후(高厚)가 방밖에서 서로 마주해 잠시 울었는데도 기척이 들리지 않자 이미 죽었음을 알았다. 방문을 열고서 들어가 보니, 그의 숨은 이미 끊겼지만 얼굴빛은 태연하였다. 두 하인이 시신을 끌어안고서 한바탕 크게 곡(哭)을 하고, 간신히 관곽(棺槨)을 찾아 시신을 거두었다. 고영(高永)이 또한 고후(高厚)를 마주하고 말했다.

"나리께서 살아계실 때 나를 아주 후하게 대하여 주셨다. 나는 주인 나리께서 혼자 죽으시게 차마 하지 못하겠는데, 시킬 만한 사람이 없구나. 다만 나리 어르신의 관(棺)은 부디 가지고 되돌아가서 결코 주인 나리의 은혜를 저버리지 마라."

고영(高永)이 또한 목을 매어 죽었다.

기왕에 마음을 저버린 신하 없었으니	旣無負心臣
어찌 주인을 저버리는 하인이 있으랴.	寧有背主僕
말하지 마라, 노예들은	莫謂奴隸中

충성스러운 마음이 서로 닮지 않다고.　　　　**忠忱不相若**

아닌 게 아니라 고후(高厚)가 할 수 없이 고봉좌 감군의 관(棺)을 가지고 사람들을 따라서 산해관(山海關)을 향해 돌아갔다.

이때 산해관은 계진 총독(薊鎭總督) 왕상건(王象乾)이 주둔하여 지켰는데, 그는 광녕(廣寧)이 함락되었음을 듣고 경사(京師: 수도)의 왼쪽 요충지로서 이 산해관을 지켜야만 하는 것을 알고는 간세(奸細: 첩자)가 섞이어 들어오는 일이 있으면 그 화가 적지 않을 것으로 염려하여 끝내 관문(關門)을 굳게 닫고서 열지 않았다. 광녕 일대에서 도망쳐 온 백성들과 병사들이 십여 만 명보다 적지 않았는데, 모두 산해관 밖에서 들어가려 해도 들어갈 수가 없었다. 이 백성들은 다만 산해관을 바라보며 울뿐이었으나, 도망병들은 몸에 도리어 무기를 지니고 있으면서 산해관을 공격하겠다고 소리 질렀지만, 관문을 책임진 자는 잠깐이라도 기꺼이 열려 하지 않았다. 하루 남짓을 큰 소리로 떠들썩하게 외쳐대니, 산해관 안은 모두 예상치 못한 일을 방비해야 했다. 웅정필 경략과 왕화정 순문 두 사람이 상의하여 말했다.

"현 시점에서 산해관을 열지 않아 만일 군병으로 하여금 발끈하게 하여 모반이라도 일으켜 오랑캐를 따른다면 진실로 심상치 않은 것이며, 만일 격분시켜 변란이라도 일으켜 산해관을 공격한다면 하나의 중요한 요충지를 잃을 뿐만 아니라 만일 반란군이 길에서 병기라도 들고 약탈한다면 어찌 경사(京師: 수도)를 몹시 놀라게 하지 않겠소. 모름지기 그들을 산해관에 들어오도록 하는 것이야말로 옳소이다."

두 사람이 상의한 뒤, 웅정필 경략이 가정을 함께 데리고 가서 곧바로 산해관에 이르렀다. 반란군들이 웅정필 경략을 보고는 감히 함부로 지껄이지 못했다. 다만 백성들은 어찌할 줄 모르며 울어 연도(沿道)

에서 슬피 부르짖으니 심히 가련하였다. 웅정필 경략이 분부했다.

"난동을 부려서는 아니 되며 내가 총독(總督: 왕상건)에게 산해관의 문을 열도록 논의할 테니 기다려라."

마침내 사람을 시켜 산해관 밖에서 안으로 서신을 들여보내어 관문을 열어서 백 만의 생명을 구하여 예상치 못한 화를 없애자고 요청하면서, 만약 간세(奸細: 첩자)가 있으면 웅정필 자신이 책임을 지겠다고 하였다. 또 산해관에 진입하려는 각 병사들에게 갑옷을 입거나 병기를 지녀서는 안 된다고 명을 전달했기 때문에 모두 산해관 밖에다 버리자 비로소 산해관에 들어갈 수 있었다. 그리고 따르던 병사들을 산해관 밖으로 보내 한 군영에 있으면서 변고에 대비토록 하고는, 자신은 가정(家丁)을 데리고 나성(羅城) 안에 가만히 있으면서 진압하였는데, 이 사람들은 진실로 거의 죽은 목숨이 살아났기 때문에 분부대로 감히 앞지르려고 밀고 당기고 하지 않았다. 3일 동안 계속하여 무기 등을 내놓게 하자, 벗어놓은 갑옷과 갖다놓은 병기들이 쌓여 산을 이루었다. 무기를 내놓는 것이 완전히 끝나기를 기다린 후, 웅정필 경략은 그것들을 모두 거두어 산해관의 창고에 들이라고 분부하였다. 허다한 목숨을 온전히 하였을 뿐만 아니라 또한 허다한 군수물자도 얻게 되었다. 그때 왕화정 순무와 각 도장(道將)이 뒤에서 따라오다가 점점 모두 산해관에 이르렀다.

누르하치가 24일에 이르러 광녕(廣寧)으로 진입해 성안의 부녀자·금과 비단·돈과 양식·병기 등을 하나도 남김없이 운반해 갔다. 하동(河東)이 함락되었을 뿐만 아니라 하서(河西)까지도 절반을 잃었다.

광녕(廣寧)의 함락은 손득공(孫得功) 때문이다. 그러나 오랑캐가 군대를 사령(沙嶺)에 주둔시킨 것이 내부로는 변고인데도 밖에서 호응하지 않았으니, 응당 장료(張遼)가 합비(合肥)에 있었을 때처럼 진정되기를 기다렸다가 천천히 일을 진행했어도 오히려 성을 보전할 수 있었다. 그런데 왕화정 순무가 이 무렵 변란을 처치하는 것에 무능했다고 할 수 있다. 병사들과 백성들이 도망치거나 숨는 지경에 이르러 형세가 이미 들판에 퍼진 불이었거늘, 오히려 여양(閭陽)을 책망하며 500명 병사만 지원하였으니 어찌 한잔 물로 불을 끄려 한 것이 아니랴. 하물며 중요한 관문(關門) 아래서 기세 대단하게 떨쳐 일어났으나 오랑캐를 격파하지 못한데다 도망병에게 격파되었으니, 도망병이 이미 산해관까지 격파하여 어쩔 수 없이 출병하여 막아야 한다면 산해관 안에서의 전투가 곪아 터지는 것은 더 말로 다할 수 없고, 그 자리에서 곧바로 죽는다 해도 어찌 구제할 수 있으랴. 그러므로 몰래 지강(芝岡: 웅정필의 호)에게 죽는 법은 없다고 이른 뒤, 그는 망옥(蟒玉: 고관의 복식)을 입고 대명문(大明門)으로 떠나면서 또 자기가 거느렸던 병사들에게 싸우도록 하여 목숨을 위태롭게 했으니 죽을 때까지 응당 누군가는 자신의 억울함을 호소했을 것이다.

왕화정 순무를 잡아매고자 한 사람은 바로 왕화정 순무가 등용한 사람들이었다. 남이 알아주지 않으면 능히 때를 알고 형세를 안다 해도 전쟁을 그르치도다. 한바탕 웃는다!

제14회
많은 현자들이 나라를 걱정하여 인재를 추천하고, 뛰어난 인사들이 동쪽 정벌을 나서는데 뽑히다.
群賢憂國薦才, 奇士東征建節.

아득한 저세상도 충성과 절의를 굽어 살피려니 | 冥漠鑒忠貞
이역만리에서 뛰어나게 힘센 다섯 장정 부리네. | 殊方役五丁
거대한 물결이 저 멀리 흘러 천연요새 이루고 | 雄濤開遠塹
첩첩의 산봉우리 치솟아 드높은 성곽 이루었네. | 疊嶂聳層城
오랑캐 기병이 날아 건너오려는 것을 가로막고 | 飛渡隔胡騎
명나라 군기에 둘러싸인 배들을 띄울 수 있네. | 揚舲擁漢旌
야만스런 오랑캐가 작다고 가볍게 여기지 마라 | 莫輕夜郎小
머나먼 변방 요새야 제멋대로 다닐 수 있으리라. | 絕塞可橫行

　병법(兵法)에 의하면, 자기를 먼저 보호하고 그 이후에 타인을 공격한다고 하였다. 또 지킬 수 있어야 그 뒤에 싸울 수 있다고 하였다. 그러므로 지리적 이로움도 사람들의 단합된 마음보다 못하다는 말을 증명할 수 있고, 하늘이 주는 때도 또 지리적 이로움만 못하다는 말을 증험할 수 있다. 예로부터 진(秦)나라는 지세가 험한 곳을 얻어 항상 함곡관(函谷關) 한 면을 가지고 제후(諸侯)를 제압하여 감히 우러러 공격해 오지 못하게 한 것이며, 오(吳)나라는 물길이 험한 곳을 얻어 항상 장강(長江: 양자강) 천리를 가지고 조비(曹丕: 魏文帝)를 물리쳐 큰 바다를 바라보고 탄식하게 한 것이었다. 바로 누르하치가 건주(建州)에

서 위세를 부렸던 것은 역시 두 개의 강이 감돌아 흐르고 하나의 산이
뒤에서 감싼 데다 그의 노채(老寨)가 산 정상에 있었는지라 극히 험악
하여 공격할 수가 없었으니, 여러 오랑캐를 삼킬 수 있던 까닭이었다.
이처럼 광녕(廣寧)이 삼차하(三岔河)의 강줄기 하나에만 의존하다가 적
이 한번 건너기라도 하면, 광녕은 바로 보존할 수가 없을 것이었다.

　당시 진강(鎭江)이 다시 함락되자, 어떤 사람이 말하기를, 모문룡(毛
文龍)이 공을 탐한 나머지 사단을 일으켜 온 성에 해를 끼쳤다고 하였
다. 광녕이 완전히 함몰 당함에 이르러서는, 웅정필 경략과 왕화정 순
무 두 대신(大臣)이 천하의 군사를 다 불러 모우고, 천하의 군량을 다
모아 보내며, 천하의 무기들 만들어 갖추었는데도, 황제를 위하여 광
녕을 굳건히 지키지 못하였다고 한다. 그러나 저들은 천자의 식량을
소비하지 않았고 천자의 곡식 한 포기도 꺾지 않았으며, 또한 일찍이
천자의 군사와 기병 한 명을 부렸다는 것도 천자의 화살과 활 하나라
도 부러뜨렸다는 것을 들은 적이 없다. 그런데 저들이 곧장 용이 사는
굴을 뒤져 꿈결에라도 여의주를 빼앗는다면 이러한 공도 뛰어나지 않
다고 말하기가 어려우나 이러한 사람은 취할 것이 못된다. 진강(鎭江)
에서 승리의 소식을 알리고 동양정(佟養貞)을 사로잡아 바치자, 이미
모문룡을 진강 참장(鎭江參將)으로 승진시켜 왕소훈(王紹勳) 부총병(副
總兵)과 호응하여 싸우라는 성지(聖旨)가 내려졌다. 웅정필 경략과 왕
화정 순무 두 사람은 모문룡의 공로와 죄과를 논쟁하였다. 내각(內閣)
섭대산(葉台山)이 상소하였으니, 이러하다.

　　「국가에서 수천 만 냥의 금전을 써서 10여 만 명의 병사를 모집했지만,
　　누르하치의 군대를 조금이라도 손상을 입힌 적이 없사옵니다. 그러나 모문
　　룡이 200명의 병사로 적군 수십 명을 사로잡아 베었으니, 공로가 있다고

비록 말하기 어려울지라도 죄과가 어디에 있단 말입니까! 세 방면에 배치한 형세를 어지럽혔다고 여기는데, 이 형세는 언제 정한 것이옵니까? 요동 사람들을 살육하는 화란을 일으켰다고 여기는데, 그 이전에도 요동 사람들을 살육한 것이 이미 그 참혹함을 이루 말할 수가 없거늘, 어찌 모두 모문룡에 말미암은 것이겠사옵니까?」

결국 시비는 이미 확정되었다.

진정을 토로하는 것도 나로 말미암았고	抒赤亦由我
시비를 분별하는 것은 그대에게 맡겼네.	雌黃且任君
하루아침에 공론이 정해졌으니	一朝公論定
기린각에 함께 공훈이 새겨지리로다.	麟閣共銘勳

한림(翰林) 동사백(董思白: 동기창)이 또 상소하였으니, 이러하다.

「신(臣)이 듣건대, 성난 개구리에게 공경히 경의를 표하자 용맹스런 사람들이 다투어 나왔으며, 연(燕)나라에서 준마(駿馬)의 뼈를 거두어들이자 훌륭한 인재들이 모여들었다고 하옵니다. 이 두 가지의 미물도 오히려 패왕(霸王)의 자질과 바탕을 지녔는데, 하물며 충의가 걸출하여 분연히 일어나 자신을 돌아보지 않는 선비임에야 말해 무엇 하겠습니까? 만 번이나 죽을 뻔한 전쟁터에서 공을 세운 것으로 아무런 지원이 없는 길에서 어떻게 해서든 스스로 이룬 것인데도 그를 버리면 적들을 기쁘게 하는 것이고 그를 의심하면 오랑캐를 도와주는 것이니, 이러한 주장은 한탄스러운 것으로 어리석은 신(臣)은 손을 불끈 쥐며 분해하는 바이고 나라를 위해서도 애석한 것이옵니다.

신(臣)이 엎드려 보건대, 누르하치가 반란을 일으킨 이래로 하동(河東)에서 대대의 장수들이 풍문만 듣고도 투항하거나 창끝을 돌려 안으로 향하여 우리의 변경을 허물어뜨리니, 백성들이 머리를 깎고 목숨을 구걸하지 않은 사람이 없었고 우리의 사신(師臣: 집정대신)과 각 도신(道臣)들이 달아나 버렸습니다. 엄숙히 경략에게 세 번이나 상방검(尙方劍)을 내려주었고 더구나 순무(巡撫) 신하까지 배치한 데다 성대히 내탕고(內帑庫: 황제의 사재 금고)도 열어 천하의 힘을 다 쏟아서 방숙(方叔)과 소호(召虎)와 같은 장수들이 지휘할 수 있도록 했지만, 끝내 감히 화살 한 발도 동쪽으로 향한 것이 없었습니다. 그리고 나라 안에서 싸움질로 난리이고 나라 밖에서 국경을 다그치니, 온 조정의 문무백관(文武百官)은 얼굴빛이 달라져 상대하지 않는 이가 없었습니다. 설령 장수도 없고 군사도 없기 때문이라고 할지라도 신(臣)은 적이 의아하게 여깁니다. 어찌 요동(遼東)의 수천 여 리에서 충의지사(忠義之士)가 한 명도 없을 것이며, 광대한 사해구주(四海九州)에서 재주가 뛰어나고 능력이 뛰어난 선비가 돌팔매를 던지고 관문을 뛰어넘는 용기로 국가를 위해 울분을 토해내는 것이 없겠사옵니까? 저번과 이번 저보(邸報: 관보)를 보면, 남위(南衛)와 철산(鐵山) 등지에 남겨진 백성들은 아직도 기꺼이 맨손으로 험준한 곳을 확보하여 죽을지언정 오랑캐에게 항복하지 않고 하늘에 울부짖으며 눈물을 삼키면서 왕사(王師: 임금의 군대)가 오기를 기다리고 있습니다. 또한 다행히도 모문룡(毛文龍)이란 자가 있어 한 자루의 칼을 들고 적군 속을 뚫으며 호걸(豪傑) 왕일녕(王一寧) 등과 맹약을 맺고서 200명으로 진강(鎭江)을 빼앗고 역적 동양진(佟養眞) 등을 사로잡아 궐하(闕下)에 바쳤으며, 게다가 한 자루의 무기도, 한 단의 건초도, 한 말의 곡식도 나라의 것을 쓰지 않고 이러한 뛰어난 공훈을 세웠습니다. 당시 등래(登萊)의 무원(撫院)이 만약 기꺼이 재빠르게 호응하여 무기 등의 군수물자를 도와서 살아남은 백성들을 수습해 하나의 군대라도 편성하고 때때로 내보내어 적의 기세를 꺾었다면, 무릇 적에게 잡혀 있던 모든 사람들은 필시 중국을 생각하여 내응하려는 자가 있었을 것이니 어찌 오랑캐를 제압할 수 있는 하나의 기이한 책략이 아니겠습니까! 어떻게 왕소훈(王紹勳)이 사사로움에 치우친 것을 믿고 먼저 출정한 것을 구실로 삼아 증오하여 일절 호응하지 않아서 외딴 섬에 고립되게 하였고, 또 당보(塘報)를 거짓으로 옮겨 공신(功臣)을 훼손하였습니다. 신(臣)은 적이 마음이 아팠습니다. 모문룡을 불행하다고 생각하는데, 이미 오랑캐에게 막힌 데다 또 등래(登萊)와도 막혀 모문룡은 살아날 수가 없을 것입니다. 지금 고향에 돌아온 사람들이 또 말하기를, 모문룡이 지난달에 누르하치의 군대 2,3천 명을 죽일 계획을 세우자, 누르하치가 이영방(李永芳)·동양성(佟養性)으로 하여금 수레로 포를 싣고 가서 모문룡을 난처하게 만들고, 또 조선인들을 풀어주며 함께 붙잡기로 약속했다고 합니다. 말을 들은 당사자(當事者)는 모문룡에 대해 보고가 없었기 때문에 고향으로 돌아온 사람들이 누르하치에 의해 보내져 저를 유인하는 것으로 두려워하였습니다. 교활한 누르하치 놈은 계교가 많아서 그것이 사실인지 참으로 알 수가 없습니다. 그러나 설령 실제로 이러한 승전이 있었으나 그 소식이 전해오기만 바란다면, 일이 되어가는 형세가 지극히 어려운 것입니다. 무슨 뜻이겠습니까? 누르하치는 이미 하동(河東)의 길을 끊었고, 왕소훈(王紹勳) 등도 모문룡의 공을 시기하고 모함하여 다만 모문룡이 죽지 않을까봐 두려워하였으니, 한없이 넓고 큰 바다에서 어느 곳에 도달할 수 있겠습니까?

신(臣)의 어리석은 생각으로는, 모문룡이 설사 물려줄 만한 공이 없다 할지라도 그러나 오랑캐로부터 빼앗은 진강(鎭江)의 한 가지 일로 보건대, 이 자야말로 진짜 더없이 기이한 협객으로 변방의 일에 기여한 자라 할 만합니다. 폐하가 온 조정의 문무백관들에게 시험 삼아 지금까지 어떤 대장이 한 자루의 무기도, 한 단의 건초도, 한 말의 곡식도 나라의 것을 쓰지 않고 모문룡과 같이 능히 공을 세운 자가 있었는지 물어보소서. 사방으로 함정에 빠진 곳에다 몸을 두고서 외딴 섬에 고립되어 지원이 없는데도 충의를 다하다가 겨우 살아남아 감동적으로 공을 이룬 자로 모문룡 같은 자가 있겠습니까? 이와 같은 담력과 지모를 어찌 쉽게 얻을 수 있겠습니까! 만일 지금 모문룡 같은 자가 세 명이 있다면 누르하치를 사로잡을 수 있고, 요동을 회복할 수 있고, 이영방(李永芳)·동양성(佟養性)을 앉아서 체포하여 그들의 피를 북에 발라 칠 수 있을 것입니다. 게다가 요동에 가서 요동을 평정해 남아있는 백성들을 고무하고 그들의 필사적인 마음을 단련시켜 정예병으로 만든다면 사방으로 나가 징병하여 천하를 소란스럽게 할 필요도 없고 천촉란(川蜀亂)도 일어나지 않을 수 있었을 것입니다. 지금 모문룡을 막다른 북쪽에다 버려두어 그의 충의를 호랑이와 이리의 입에 맡기고는 온 힘을 다하여 구하지 않고 병기와 의복과 식량을 대어주지 않아 그로 하여금 가만히 앉아 죽게 하여 오랑캐의 어육(魚肉)이 되도록 내버려두니, 동양진(佟養眞)에게 원수를 갚도록 하여 누르하치를 돕는 것이지 우리에게는 근심스러운 것이라 어찌 슬프지 않으며 어찌 애석하지 않겠습니까! 살아남은 요동사람들을 개의치 않아 죽기를 각오한 정예병을 거두어 쓰려하지 않고 멀리 천하의 백성들을 모집하여 혼란을 초래하며, 기묘한 책략으로 효과가 있는 모문룡을 잊어버리고 구하지 않고서 한 가지 계책도 제대로 펼치지 못하는 왕소훈(王紹勳)의 말만 곧이듣고 흰소리하자, 세 방면으로 병진해 공격하였지만 군대를 요구하고 군량을 요구하니 어느 때라도 성공할 수 없었을 것입니다. 그리고 모문룡의 한 군대를 존립시키는 것이 눈앞의 세 방면에 대한 계책을 세우는 것이라는 것을 알지 못했습니다. 그러니 쓸모 있는 사람을 제쳐둔 채 공이 없는 사람을 녹훈(錄勳)하고 충의 있는 사람을 고립시켜 잔악한 도적을 돕는 것은 천하의 안위(安危)를 돌아보지 아니한 것이지만, 지금의 국면은 한 사람의 좋아하고 미워하는 바에 따라 그와 같이 하기를 그치지 아니하니, 신(臣)은 천하가 온통 혼란스러워 아직 삼차하(三汊河)를 한 걸음 뛰어넘지 못하였는데도 사직(社稷)이 이미 위태로워질까 두렵습니다.

신(臣)은 어리석고 아는 것이 없사옵니다만, 진실로 변방의 일이 위급한데도 충의(忠義) 있는 이를 가로막고 가만히 앉아서 성을 잃은 것을 보건대, 안으로 스스로를 해치고서 오랑캐에게 사로잡힌 것이라 깊이 실책으로 여겼기 때문에 미친 사람과 눈먼 사람처럼 아무것도 모르는 말을 마다않고 아뢰었습니다. 엎드려 바라건대, 폐하께서 경략과 순무를 비롯한 여러 신하들에게 엄히 경계하시어 기존 편견을 없애고 시급히 구원하도록 해주십시오. 그렇지 않으면 조서(詔書)를 한번 내려 바닷가의 병사들을 불러 모우고 즉시 그 자리서 모문룡을 대장으로 임명하시되, 그 백성들 가운데 공이 있는 자를 녹훈하고 차례차례 승진시켜 주시옵소서. 이어서 양지원(梁之垣)에게 칙서를 내려 마땅히 위험을 무릅쓰고 곡진하게 전달하여 은전(銀錢)을 싸 가지고 오게 하되, 조정의 너그러운 뜻을 널리 알리도록 두루 하사하면 더욱 감격하여 공을 세우며 일찌감치 요동을 수습해 천하와 함께 무너지는 데에 이르지 않으리니, 사직도 매우 다행이고 천하도 매우 다행일 것이옵니다.」

그리고 동사백은 모문룡을 대장으로 임명하기를 청하였다.

황폐한 곳에 어떤 사람이 단을 쌓기로 하고	寥落何人議築壇
칼집에서 혈검 꺼내어 매번 부질없이 치네.	匣中血劍每空彈
구중궁궐로부터 홀연 무지의 추천이 허락되어	九重忽諾無知薦
봉화 연기 깨끗이 치우니 천하가 편안하네.	静掃烽烟四宇安

급사중(給事中) 후진양(侯震暘)이 상소(上疏)를 통해 양지원(梁之垣) 감군(監軍)이 가지고 온 20만 금(金)과 왕소훈(王紹勳)이 거느린 군대를 취하여 모두 모문룡에게 주고 칙서를 내려 원수로 삼아서 섬 사이에 있던 교활한 장사(壯士)들과 뿔뿔이 흩어져 있던 사람들을 연결하고 직접 유격병의 한 부대를 통솔하여 출몰이 변화무쌍토록 하고 속박을 받지 않도록 청하였는데 또한 하나의 기이한 책략이었다.

광녕(廣寧)이 적에게 점령당하자, 순무(巡撫)는 체포하여 심문하고 경략(經略)은 다시 왕재진(王在晉)을 등용해 병부상서 겸 경략으로 삼았다. 맨 먼저, 왕재진 경략이 한 상소문에 말했으니, 이러하다.

「모문룡(毛文龍)이 잠시 조선(朝鮮)에 머물며 섬에 종적을 감추고 있으니, 갇힌 호랑이가 포효하기 어렵고 나는 새가 사람을 의지하기 어려운 듯하옵니다. 민병(閩兵) 3천 명을 징발하여 바다로 나아가 구원하게 해주시고, 호부(戶部)로 하여금 은(銀) 6만 냥을 지급하여 그의 다급한 어려움을 구제해주시옵소서.」

그 다음, 한 상소문에 말했으니, 이러하다.

「조선(朝鮮)은 하나의 탄환만한 조그만 속국(屬國)일 뿐이옵니다. 사방에 배정한 소출이 얼마나 된다고 그로 하여금 전쟁하게 하는 것은 신(臣)이 반드시 할 수 없사오며, 맨손의 장수가 하는 말을 듣고 그로 하여금 외국에 의식을 구걸하게 하는 것은 신(臣)이 또 차마 하지 못하겠사옵니다. 오직 서둘러 계부(計部)에서 군량 보내주기를 바라옵니다.

신(臣)이 이전에 청한 군량 6만 섬은 그대로라도 부족할 것이나, 해당 관부에서는 다시 그것의 일부조차도 내놓는 데에 꺼리고 있습니다. 이러한 때에 군량이 부족하니, 신(臣)이 어찌 계부(計部)의 어려움을 깊이 생각지 않겠습니까마는 이런 쓸 수 있는 군사들이 있는데도 지원하려고 하지 않으면 충성스러운 신하와 의로운 사람의 마음이 재처럼 싸늘해질 것은 말할 것도 없고 또한 어떻게 속국(屬國)에게 설득할 수 있겠습니까? 회병(淮兵)들이 등주(登州)와 내주(萊州)에 와 있어서 당장 출정할 만한 것을 제외하고는, 지금 마땅히 정상적으로 식량을 20만 석 가까이 모아야 하나 겨우 10만석을 모으고, 호부(戶部)에서 다시 은(銀) 10만 냥을 내어 포(布) 3만 필을 사서 모문룡에게 보냈습니다. 이어 칙명으로 공부(工部)가 화약(火藥)과 화기(火器) 및 연철(鉛鐵), 피혁(皮革), 투구와 갑옷 등의 물품을 공급하여 배편으로 가져갔으니, 대체로 각 병사들의 의식이 부족하지 않고 무기들도 쓰기 좋을 것입니다. 모문룡(毛文龍)은 고립되어 위급함을 두루 겪는 지경에 이르러서도 오히려 나라에 보답할 마음을 품고서 계획과 책략을 조목별로 의논한 데다 더욱이 오랑캐를 정벌한 것은 장한 계책이었으니, 곧 그에게 총병 직함을 내려주되 칙인(敕印)과 기패(旗牌)를 나누어 주어 형편에 따라 일을 적절히 처리하게 하는 데에 일체의 권한을 부여하고, 따라서 왕소훈(王紹勳)·엄대번(嚴大藩)으로 하여금 마음을 합쳐 협력하고 함께 정벌하여 무찌르도록 도모케 해 공을 세우면 모두 승진시켜 주시옵소서.」

황제는 모문룡을 총병으로, 왕일녕(王一寧)을 등주부 통판(登州府通判) 겸 찬획군사(贊畫軍事)로 승진시키고, 모문룡이 형편에 따라 일을 적절히 처리하는 것을 허락하는 칙서를 내렸다.

칙서가 피도(皮島)에 이르자, 모문룡 장군은 황명을 받들었고 각 장관(將官)들은 모두 인사하며 축하하였다. 모문룡 장군은 조선(朝鮮)을 서면으로 조회하는 자문(咨文: 외교문서)을 보내고 각 섬에도 이를 통지하는 공문을 보낸 뒤, 당일 진강(鎭江)에 사로잡혀 있던 동양진(佟養眞)과 아울러 거련(車輦)과 미곶(彌串)에서 적을 막으며 충성을 다한 장사(將士)들을 데려오게 하였으니, 수비(守備) 소기민(蘇其民)과 함께 왕일녕(王一寧)은 압송하는 일로 북경에 갔기 때문에 제외하고서 전공(戰功)이 있는 파총(把總) 장반(張盤)·진충(陳忠)·이경선(李景先)·왕보(王甫)·우경화(尤景和)·모승록(毛承祿)에게 공문서로 수비라는 직함을 제수하되, 장반은 피도(皮島)의 육로에서 지키고 있는 군사와 말을 맡아 거느리게 하고, 진충은 피도의 수병(水兵)과 나가 싸우고 있는 군사와 말을 맡아 거느리게 하였다. 석성도(石城島)와 바짝 마주한 북쪽 연안의 황골도(黃骨島), 광록도(廣鹿島)와 바짝 마주한 북쪽 연안의 귀복보(歸服堡), 삼산도(三山島)와 바짝 마주한 북쪽 연안의 능각만(菱角灣)·화상도(和尙島), 삼구우(三觝牛)·장산도(長山島)와 바짝 마주한 홍취보(紅嘴堡)를 조사하니 모두 요충지였는지라, 왕보(王甫)·우경화(尤景和)·모승록(毛承祿) 중에서 분담하여 지키게 하고, 이경선(李景先)은 새로 모집한 요동 지방의 물길에 익숙한 신병들을 가르치게 하였다. 천총(千總) 장원지(張元祉)·장괴(張魁)·여일학(呂一學)은 모두 공문서로 파총(把總)에 제수하였는데, 장원지는 정탐 수병을 맡아 각 섬을 지원하게 하였고, 장괴는 사라선(沙喇船)을 맡아 요동에서 피난해 섬에 들어온 백성들을 구제하게 하였으며, 여일학은 등래(登萊)·천진(天津)·산해관(山海關)에서 온 당보(塘報: 척후병이 기를 가지고 높은 곳에 올라 적의 정세를 살펴 알리는 일)를 관리하게 하였다. 또 황제가 보낸 은(銀) 6만 냥을 가정(家丁) 유계조(劉繼祖) 등과 기민(耆民: 60세 넘은 늙은 백성) 공문걸(鞏文傑) 등에게 포상금으로 쓰도록 하고는 기민 공문걸과 가정 유계조에게 나누어 보내고 민병(民兵)들을 맡아 거느려 피도(皮島)의 서북쪽 수구(水口)에서 채석과 벌목을 해 수관(水關: 수문)을 쌓게 하였으며, 가정(家丁) 관양동(官養棟)과 기민(耆民) 갈기봉(葛起鳳) 등에게 민병들을 맡아 거느리고 피도의 남면과 동면 양쪽에 돈대(墩臺)를 쌓아 올려서 멀리 바라보는 데에 편리하도록 하였으며, 가정(家丁) 김여재(金汝才)와 기민(耆民) 공성(龔誠) 등에게 민병(民兵)들을 맡아 거느려 본도(本島)에서 벌목하여 병사(兵舍)와 아울러 총진부(總鎭府)를 크게 짓도록 하였으며, 가정(家丁) 서계공(徐計功)과 기민(耆民) 손천(孫泉) 등에게 민병(民兵)들을 맡아 거느리고 벌목하여 전투선과 운반선을 만들도록 하였으며, 기민(耆民) 육원승(陸元升)과 팽국창(彭國昌) 등에게 민간장인(民間匠人)들을 맡아 거느리고 무기들을 정비하도록 하였다. 또 각 섬의 수비(守備)들에게 통지문을 보내어 지형을 관찰하여 관문[關隘]과 돈대(墩臺: 초소)를 추가로 설치하고 전투선도 만들도록 하였다. 본도(本島)에 있는 쓸모 있는 백성들을 모두 엄밀히 선택하여 갑옷과 무기를 주고 시도 때도 없이 훈련시켜서 싸울 때를 대비하게 하였다. 또 발군(撥軍: 파발꾼)과 야불수(夜不收: 정탐병)를 많이 차출하여 몰래 남위(南衛)에 이르도록 하여 각 촌보(村堡)의 둔민(屯民: 둔전과 둔답 경작민) 속에 난리를 피하려고 포로가 되었다가 도망쳐온 군사가 있는지 탐문한 뒤 갖은 방법으로 거룻배를 섬에 보내어 구제하고 편한대로 안착시켰으며, 종군(從軍)하기를 원하는 자는 즉시 따로따로 배치해 훈련시켜 무예가 매우 익숙해지기를 기다렸다가 바로 대오(隊伍)를 보충하고 창고를 열어 양식을 주었으며, 섬에 남아 있기를 원하는 자는 즉시 둔전(屯田)을 떼어주고 씨를 뿌리게 하였으며, 원래 장이바치인 자는 즉시 도구를 만드는데 가담하게 하였으며, 중국으로 돌아가기를 원하는 자는 즉시 휴대할 식량을 어림잡아 주고 등주(登州)와 천진(天津) 등의 각 섬에 들어가도록 보내었다. 무릇 변란이 생긴다면 서로 돕기로 하고, 책임을 남에게 떠넘겨 군사전략을 그르치지 않기로 하였다. 그리고 또 늘 각 섬을 돌아다니며 병사들과 말들 및 배들을 하나하나 조사하고, 원래 살던 백성과 새로 들어온 백성들을 어루만져 편안하게 하였다. 이 섬의 곳곳에 있는 높고 험한 곳을 모두 지킬 수 있게 되고, 이 섬에 있는 병사들은 각각 모두 정예롭고 용맹스러이 싸울 수 있게 되어 안에 있으면서 밖을 다스려 옥이 한데 모이고 진주가 한데 꿰였으니, 진실로 이미 하나의 웅진(雄鎭: 요해처)을 만든 것이었다.

여러 섬들이 마치 뭇별들이 북극성 옹위하는 듯하니　　列嶼成星共
가운데에 위치한 섬은 기상이 높고 엄숙하도다.　　居中氣象尊
그 누가 알랴, 넓고 큰 바다에　　　　　　　　　誰知滄海上
거듭 하나의 세상천지를 열었다는 것을.　　　　　重闢一乾坤

　모문룡 장군이 이미 총병(總兵)을 제수 받고는 천진(天津)과 등래(登萊)의 총병과 한마음으로 일을 처리하며 대체로 연해 지역에서 요동을 도울 장수와 병사들의 징발을 모두 지휘하다가 이번에 적군을 막는 방책은 모두 혼자만의 생각으로 결정하자, 누르하치는 편히 잘 수 없을 것으로 생각하고, 섬들을 점거하지 못할 것으로 예상하였다. 바로 이러하다.

| 용성의 날랜 장군이 새로이 부절 쥐었으니 | 龍城飛將新持節 |
| 한 필의 말 타고 한관에 들어올 생각 마라. | 匹馬休思入漢關 |

　세상에 어찌 공을 세운 사람이 없었던 적이 있으랴만 사람은 표창을 받지 못하면 드러나지가 않으며, 또한 능히 공을 세우지 않는 사람이 없으나 그에게 직권을 주지 않으면 소용없다. 만일 현자들이 천거하여 드러내고 조정이 작위(爵位)를 부여하지 않으면, 역시 당연히 외딴 섬의 유민들과 함께 황량한 안개 낀 덩굴 풀 속에서 드러나지 않을 뿐이다. 진실로 소하(蕭何)가 응당 삼걸(三傑) 가운데 으뜸임을 알 수 있다.

　사백(思白: 董其昌의 호)과 호운(岵雲: 王在晋의 호) 두 사람의 상소를 통해 모문룡 장군은 근각(根脚: 조상 내력과 출신)이 안정되었고, 이 때문에 8년 동안 오랑캐 세력을 억누르는 공을 이룰 수 있었다.

제15회

방략을 진술하여 술사들이 모이게 하고,
나누어 주둔시켜 세력이 구슬 꿴듯하다.

陳方略形成聚術, 分屯駐勢合聯珠.

우뚝하게 요해처가 동쪽 바다에 솟았으니, 전투함이 차디찬 바닷물 가에
가득하네. 북치고 나팔 부니 멀리 기연(冀燕: 하북성)에까지 이어지고, 깃
발이 펄럭이니 멀리 치청(淄青: 산동성)마저도 비치네. 입술과 이가 서로
의지하듯 하고, 덧방나무와 수레가 서로 비호하듯이 하여, 사슴의 뒷발과
뿔을 잡고 사슴을 잡는 듯이 앞뒤에서 적을 몰아칠 형국을 이루었네. 목
숨을 걸고 싸우기를 맹세하면 오랑캐의 운세가 쇠하리니, 뛰어난 공으로
황실의 위엄을 크게 떨치리라.
이상의 곡조는 《조중조(朝中措)》이다.

세상의 일은 공교롭게도 마음에 깨닫지 못하는 경우가 있다. 당시
하동(河東)이 함락되었을 때 조정이 세 방면으로 병진 공격을 하기로
의논하고는, 등래(登萊)·천진(天津)·광녕(廣寧) 모두 순무(巡撫)가 설치
되어 있었고 막강한 군대가 주둔해 있었으므로 광녕은 육지로 등래와
천진은 수로로 해서 세 방면으로 병진해 가도록 재촉하였다. 누가 등
래와 천진 두 곳이 얼마간 있던 전곡(錢穀)을 마구 써버리고 배 한 척도
병사 한 명도 내놓거나 그들로부터 활 하나도 창 하나도 받은 적이
없었다는 것을 알았으랴만, 그 후에 광녕마저도 잃게 되자 한차례의
계획은 죄다 그림의 떡이 되고 말았다. 이러한 상황에서 어찌 모문룡

장군이 (요동사람들을) 널리 불러다가 어루만져 준 덕분에 진강(鎭江)에서의 기이한 승리를 거둔 것과, 추격병을 피하려다가 또 피도(皮島)라는 저 요충지를 얻어서 북쪽으로는 사위(四衛)를 잇고 남쪽으로는 등래(登萊)를 접하며 동쪽으로는 조선(朝鮮)을 부를 수 있고 서쪽으로는 천진(天津)을 잡아당길 만하여 은연히 하나의 요충지를 이룬 것을 기약이나 했겠는가. 당시 모문룡 장군은 칙명을 받들고 동강(東江: 피도) 총병이 되었는데, 하나의 피도와 여러 섬들이 별처럼 벌여 있고 바둑돌처럼 늘어놓은 듯해 은연중 호랑이가 산속에 웅거하고 있는 형세를 갖추었다. 요행을 바라며 이 땅덩어리를 지키기만 하여 일개 구자(龜茲: 서역에 있던 소국)와 같은 조그마한 나라가 되게 했다면, 나라가 그를 임명한 마음과 왕화정(王化貞) 순무가 그를 파견한 뜻을 어찌 저버리는 것이 아니겠는가! 그는 장수에 제수되자 각 섬으로부터 군병을 뽑아 훈련시켜서 회복을 도모하였는데, 그는 각 섬들과 등래(登萊)와 천진(天津)·금주(金州)·복주(復州)·해주(海州)·개주(蓋州) 지형과 원근에 출병한 군대가 있을 곳을 세심하게 계획하여 한 가지 방책을 생각해내고 주본(奏本: 상소문)을 올렸으니, 이러하다.

「평요 부총병(平遼副總兵) 모문룡(毛文龍)은 누르하치를 견제하고 오랑캐를 섬멸하는 일에 대하여:

삼가 신(臣)은 한낱 못나고 어리석은 자로 요동(遼東)에 20여 년 있다가 사리에 맞지 않게도 요동 순무(遼東巡撫) 왕화정(王化貞)에 의해 신임을 받아서 곧 요동의 백성들이 전쟁에 패해 뿔뿔이 흩어진 나머지 고립된 군대로도 반역자를 사로잡았고, 조선국(麗國)이 겁내어 거취를 결정하지 못한 뒤에도 진성(鎭城)을 회복시켰는데, 비록 바람이 세차고 얼음이 꽁꽁 얼어서 군량이 다 떨어지고 원군이 끊어진 지경에 이르렀어도 오히려 황상(皇上)의 위엄과 조정[廟堂]이 마련한 승리의 계책을 믿고 관전(寬奠)과 애양(靉陽)을 회복하여 남위(南衛)와 연결시키려는 계책을 세웠습니다. 지난해 12월에 누르하치의 군대가 요하를 건넌 후로 아직도 오른 길로 돌아서 10여 만 명의 백성들과 자신들의 뜻을 안팎으로 드러내지 않는 조선인들이 남아서 오랑캐를 견제하여 서쪽으로 침범하지 못하게 하였는데, 만약 천진(天津)과 등래(登萊)의 원군이 한꺼번에 이르렀다면 광녕(廣寧)으로의 출병할 날짜를 잡을 수 있었을 것이니, 신(臣)은 관진(寬鎭)의 세력을 믿고 앞장서서 남위(南衛)를 거느려 왕화정(王化貞) 순무(巡撫)로부터 인정을 받은 은혜를 보답하면 이미 황상(皇上)께서 특별히 총애해주신 은전도 보답하는 것이옵니다. 지금에야 천진과 등래에서 지원하려는 것은 의론이 짐을 함께 짓자고 해서이고, 산해관(山海關)을 방어하며 지키려는 것은 우환이 절박하게 닥쳐서이니, 정규군과 기습군을 배치하면서 출몰의 시기를 정해 놓으면 위태로운 산해관을 보존하고 수도 연경을 지켜서 다시 엉클어진 실타래를 푸는 듯했을 것입니다. 신(臣)은 비록 바다의 한 모퉁이에 고립되어 처해 있지만 궁궐을 항상 바라보고 의지하여 크게 탄식하며 슬퍼서 목이 메도록 흐느껴 울지 않은 적이 없었는데, 감히 좁은 소견으로서 황상께 아뢰겠습니까.

서로(西虜)는 수시로 바꾸면서 일정하지 않으니, 마땅히 기미책(羈縻策)으로 대우해야 한다고 생각합니다. 희봉구(喜峰口), 산해관(山海關) 등 각처에 관해서는, 선신(先臣) 곽등(郭登)이 대동(大同)을 지키면서 군영을 비운 채 화포(火砲)들로 땅에 용이 도사린 듯 꾸민 방법과 유(劉) 아무개가 쓴 돌쇠뇌와 같은 방법을 사용하여서 성을 지키는데 도움을 주고는 다시 남모르게 신통한 계략을 운용하여 서로(西虜)의 뜻을 꺾고서 저들로 하여금 우리들에게 이용되도록 할 것이라서 우리에게 근심거리가 되지 않을 것입니다. 이것이 산해관에서 서로(西虜)를 대우하는 법입니다. 조선(朝鮮)은 본디 소국(小國)이라 일컫는데, 우리가 동사(東事: 조선의 임진왜란)를 겪고 난 이래로 심하의 전투[深河之役(1619)]에서 병사와 군량을 잃고 우리의 사신들이 돌아올 때에도 수졸(水卒)들이 죽는 사이에, 우리의 군졸들은 저들의 강과 바다에서 소동을 피우고도 또 저들로 하여금 우리의 병사들에게 군량을 대게 하였으니, 진실로 피곤함이 지극하였을 것입니다. 그런데 군적(軍籍)이 없는 무리들이 경략이나 순무의 자문(咨文)을 가지고 도모하는 것도 아니면 서 각 부(各部)와 각 부(各府)에 아첨하여 비찰(批扎)을 구해 관아의 말을 타고 개인 재물을 가득 실어 다니며 길을 따라 소동을 일으켜 해를 끼치니, 온 나라가 다 눈살을 찌푸리고 있습니다. 신(臣)이 생각건대 누르하치가 반란을 일으킨 것은 모두 시정의 무뢰배들에 격발된 것이니, 속히 등래(登 萊) 순무(巡撫)에게 칙서를 내리시어 간사한 자들이 자문(咨文)이나 찰문(扎 文: 부하 관리에게 내리는 공문)이라는 이름을 사칭하여 조선에 들어가는 것을 엄금하심이 마땅합니다. 이것이 등래(登萊)에서 조선(朝鮮)을 연락할 수 있는 법입니다.

세 방면으로 배치하는 계책에 관해서는 광녕(廣寧)을 정규군으로 삼고 등래(登萊)와 천진(天津)을 기습군으로 삼으면 지금은 산해관이 지키기에 적절하고 등래와 천진이 전쟁하기에 적절하옵니다. 만약 등래와 천진 중에 서 비교한다면, 천진의 군대는 당연히 산해관을 지원해야 하고 등래의 군대 는 알맞은 때에 여순(旅順)과 합동하여 조선과 가까이해야 하니, 다만 각 섬들은 그 중간을 서로 잇대도록 해야 합니다. 섬에 살고 있던 백성들은 왕화정(王化貞) 순무(巡撫)가 다방면으로 귀순시켰고 각 섬의 백성들도 대 부분 그 은덕을 감사히 여겨 목숨을 바치겠다고 생각지 않는 자가 없습니다. 무릇 끌어들이거나 섬멸하든지, 싸우거나 지키든지, 전진하거나 후퇴하든 지, 합치거나 흩어지든지 하여 바다에 출몰하면 섬들 사이에서 기이한 계책 을 소중히 여겨 등래(登萊)와 조선(朝鮮)을 연합시킬 수 있으니, 본디 기습적 인 공격을 견제하는 것만 아니라 실로 요격(要擊: 도중에서 기다려 공격함) 을 회복할 수 있을 것입니다. 그런데 각 섬에 배치가 시작될 때부터 묘도(廟 島)·타기도(鼉磯島)·황성도(皇城島)를 조사해 등래(登萊)로 드나드는 출입 문임을 알고 군사와 배들이 급하게 마땅히 가서 지켰으니, 생각건대 등래의 순무는 스스로 미리 세워둔 계획이 있었을 것입니다. 여순(旅順)만은 험준한 데, 만일 누르하치에 의해 점거되기라도 하면 우리들의 왕래가 불편할 수 있습니다. 여순은 동쪽으로 삼산도(三山島)와 3백 리 떨어졌는데, 요동의 병력 2천 명과 수군의 선박 70척을 청하니 경략(經略)의 표하군(標下軍: 수하

친위부대) 연병 도사(練兵都司) 진대소(陳大韶)를 여순 남영 유격(旅順南營遊擊) 직함에 있게 하여 섬에서 여순으로 들어가 지키도록 들어주시면, 등래와 천진이 조선과의 바닷길이 열릴 것입니다. 삼산도(三山島)는 동쪽으로 광록도(廣鹿島)와 2백 리 떨어졌는데, 요동의 병력 2천 명과 수군의 선박 50여 척을 청하니 경략(經略)의 표하군(標下軍) 연병 도사(練兵都司) 왕학이(王學易)를 여순 북영 유격(旅順北營遊擊) 직함에 있게 하여 섬에서 금주(金州)로 들어가 지키도록 하고 이어 진대소(陳大韶)를 지원하라고 행하시면, 피차 견제하겠지만 서로 유기적으로 호응할 수 있도록 이어져 한 곳이 침입을 받게 되면 주위의 다른 우군이 구원하여 막아낸다는 솔연(率然)의 형세를 갖출 것입니다. 광록도(廣鹿島)는 동쪽으로 장산도(長山島)와 50여 리 떨어졌는데, 요동의 병력 2천 명과 수군의 선박 50척을 청하니 경략(經略)의 찰위(札委) 연병 유격(練兵遊擊) 송붕거(宋鵬擧)를 복주 참장(復州參將) 직함에 있게 하여 섬에서 복주로 들어가도록 들어주시면, 누르하치의 왼팔을 자른 격일 것입니다. 장산도(長山島)는 동쪽으로 석성도(石城島)와 2백여 리 떨어졌는데, 요동의 병력 2천 명과 수군의 선박 50여 척을 청하니 경략(經略)의 표하군(標下軍) 참모 도사(參謀都司) 유가신(劉可伸)을 해주 참장(海州參將)에 있게 하여 해주에 들어가 지키도록 들어주십시오. 석성도(石城島)는 소송도(小松島)와 서로 가까웠는데, 요동의 병력 천여 명과 수군의 선박 20여 척을 청하니 경략(經略)의 찰위(札委) 가함 도사(加銜都司) 임무춘(林茂春)로 하여금 개주 비어사(蓋州備禦事)를 임시 대행하게 하여 개주에 들어가 지키도록 들어주시면, 곧 유가신에게 임무춘을 지원하도록 할 것입니다. 석성도(石城島)는 동쪽으로 여도(麗島: 鹿島의 오기)와 2백여 리 떨어졌는데, 요동의 병력 천 명과 수군의 선박 20여 척을 청하니 순무(巡撫) 찰위(札委) 수비(守備) 정유(程攸)를 수암 비어(岫岩備禦)에 있게 하여 수암에 들어가 지키도록 들어주십시오. 여도(麗島: 녹도의 오기)는 동쪽으로 조선(朝鮮)·진강(鎭江)·관전(寬奠)·애양(靉陽)과 2백 리 떨어졌는데, 경략(經略)의 찰위(札委) 진강(鎭江) 연병 유격(練兵遊擊) 장충(張忠)과 찰위(札委) 연병 도사(練兵都司) 겸 애양 수비(靉陽守備) 임시대행 우경화(尤景和)로 하여금 각기 휘하의 군사를 거느리고 조선(朝鮮)·진강(鎭江)·관전(寬奠)·애양(靉陽) 사이에 나들면서 누르하치의 노채(老寨)를 곧장 쳐들어갈 기회를 엿보도록 해주십시오. 분산하는 척하면서 합세하면 적들의 힘을 빠지게 할 수 있고, 전진하는 척하면서 후퇴하거나 싸우는 적하면서 지키면 적들의 예봉을 꺾을 수 있습니다. 비유컨대 팽월(彭越)이 초패왕(楚霸王: 항우)의 후방을 교란시켰던 전법과 손자(孫子)가 오(吳)나라를 두려워하도록 한 전술이니, 오랑캐 중에 뛰어난 자도 고단해지고 합세한 자도 분산해야 할 것입니다. 그 후에는 신(臣)이 여러 군영(軍營)의 각 병사들을 통솔하여 산을 이용해 요해처를 장악하며 곧장 요동성까지 쳐들어가고 산해관에서 또 출병하여 짓밟을 것입니다. 신(臣)이 보고한 게첩(揭帖: 윗사람에게 보고한 공문)에 대해 부원(部院: 총독 군문)에서 일컫기를, 산해관(山海關)은 적들의 다리를 누르고 있으며 삼차하(三岔河)는 적들의 허리를 끊고 있다고 한 것처럼, 신들은 동남쪽에서 적들의 등을 치고 적들의 꼬리를 밟을 것이니 누르하치를 섬멸할 수 있습니다.

요동의 군사를 모집해 훈련시키면 이미 그 가정의 생계를 지원하려 양식을 지급해주어야 하는 것을 면할 수 있고 또 시간만 허비하는 것을 덜 수 있는 데다 오랑캐의 정세까지 알고 있으니, 우리가 한 사람을 얻으면 적은 곧 한 사람을 잃은 것이라 쓸 만한 계책입니다. 이에, 지나치게 염려하는 자는 요동 백성들 속에 내통하는 자가 숨어있을 수 있다고 해서 바다를 건너지 못하게 하였으니, 요동의 장수들은 혹 오랑캐와 내통한 자가 많을지라도 요동의 백성들은 도리어 나라에 보답하려는 마음을 실로 품고 있다는 것을 전혀 알지 못한 것이며, 또한 요동의 장정들을 뽑아 병졸로 삼은 뒤에 그 가솔들은 실어서 등주(登州)를 지나 먼 곳에 안착시키면 어찌 내통자가 있겠습니까! 오직 신(臣)에게 군량 30여 만 섬을 속히 내려주시고 관원을 시켜 기한을 정해 죄인을 압송하여 넘겨주시면 등주와 천진의 여러 곳에 있는 요동의 장정과 아울러서 2만 명을 다시 뽑고 또 절강병(浙江兵) 중에 총기에 능한 자 1만여 명을 모집하여서는 투구와 갑옷 및 총기를 주고 각 섬으로 나누어 가서 전쟁하거나 수비하든지 도모케 하면 요동을 회복하는

데에 도움이 될 것입니다. 지극한 계책으로 기습과 정공법을 같이 쓰며 선두와 후미를 협공하면, 어찌 누르하치만이 감히 산해관을 엿볼 수 있을 것이며, 곧 하서(河西) 역시 감히 함부로 건너지 못할 것입니다.

엎드려 바라건대, 칙서를 내려 적당히 의논하여 처리하게 하시되, 만일 신(臣)의 말이 채택할 만하면 속히 허락하여 주옵소서. 맹세컨대, 남은 여생 대의를 우러르며 나라를 위해 동쪽 변방에서 은혜의 보답을 다할 것입니다. 또한 신(臣)은 왕화정(王化貞) 순무(巡撫)로부터 동쪽으로 가라는 명을 받았는데, 원래 7월에 관전(寬奠)과 진강(鎭江)을 기습하여 취하고 8월에 순무(巡撫)는 바로 하동(河東)으로 건너가기로 약속하였습니다. 그러나 헛되이 일마다 서로 견제하여 앉아서 적절히 대응할 기회를 놓치고 말아 누르하치의 세력이 더욱 떨쳐 각 성들이 다시 함락되고 있으니, 신(臣)은 충성을 다하고 대의를 떨치려는 커다란 뜻을 바치고자 하나 가슴 아프고 목이 메는 작금의 사태에 쇠하여 없어지게 되나이다. 그러나 다시 시간을 질질 끌어서라도 위태로운 변경에서 군대를 기다리고 군량을 기다리나 감감무소식으로 일년을 보내니, 지금이 어떠한 형세인데 이런 뜬구름 잡는 말과 소용없는 이야기를 견뎌야 하나이까. 하물며 지난 해 겨울에는 누르하치의 군대가 먼저 진강(鎭江)을 공격하여 강동(江東)에 군대가 없음을 알고서 음력 정월에 안심하고 요하를 건너 광녕(廣寧)을 공격하였습니다. 지금은 더욱이 견제할 군대가 없으니, 산해관은 필시 고립되어 위태롭게 될 것인데도 황성은 어찌 편안히 잘 수 있으리까. 또한 오랑캐 사람들은 비록 배를 저을 수 없지만, 요동의 병사들 중에 고기 잡는 것으로 생업을 삼았던 자들이 적들에게 많이 이용되고 있으니. 저들이 만일 먼저 각 섬을 점거한다면 등래(登萊) 역시 위급한 국면을 맞을 것입니다. 그 결과 우리가 결국 싸우기도 어렵게 되고 지키기도 어렵게 되어 이역 땅에서 목숨을 잃게 되면 한갓 황천의 슬픔만을 더할 뿐이고, 일편단심으로 임금을 섬기는 충성도 외로이 흐느껴 우는 혼령에는 도움이 되지 않을 것입니다. 대단히 긴급하와 감히 죽음을 무릅쓰고 성상께 간청하나이다. 만일 조정에서 직접 눈으로 보지 못한 정황을 이유로 등주(登州)와 조선(朝鮮)이 요동을 회복하려는 대사에 이로울 것이 없다면

서 편견을 고집하여 우유부단하게 6, 7개월이란 시간을 잘못 그냥 지나쳐
버리면 가을이 깊어지고 바람이 강하게 불다가 점점 한겨울 삭풍이 이르게
되면 대사는 이룰 수가 없을 것이고, 누르하치가 힘을 합쳐 산해관을 차지할
때는 후회해도 소용없습니다. 신(臣)이 험지에 거처하며 가슴 아픈 심정을
아뢰면서도 감히 스스로 큰 계책을 지닌 신하에 부합된다고 여기지 않습니
다. 다만 우리 황상께서 여러 신하들에게 칙명을 내려 신(臣)의 하찮은 주장
을 성심껏 살펴서 고래와 악어가 물고기를 통째로 삼키듯 하는 전란에 죄다
기여한다면 해골이 가루가 될지라도 남은 영광이 있겠나이다.」

　성상의 교지에, 해당하는 부(部)는 살피고 난 뒤에 와서 말하라고 하였다.

눈에 산천 형세 가득하고 가슴에 병법 가득하니　　　滿眼山川滿腹兵
신출귀몰한 꾀로 도리어 귀신조차 놀라게 하네.　　　神謀還令鬼神驚
변경을 안정시키려는 한 장의 계책에 의거하니　　　憑將一紙安邊策
변경 밖 오랑캐 먼지가 일순간 깨끗이 쓸렸네.　　　塞外胡塵瞬息淸

이에 따라 해당 병과(兵科)가 나와서 참석하여 말했다.
"모문룡을 원조하는 방안을 조회(照會: 알아봄)한 것에 대하여:
　급히 할 것은 절로 급히 하고 늦게 할 것은 절로 늦게 한다는 것이야
말로 이미 진부한 말인데 그는 귀를 막은 듯 들은 체도 하지 않아서
임금의 명령이 신하의 뜻을 대적하지 못하고 당국(當局)이 변방의 분
란을 이기지 못한다는 결과가 되니 이를 어찌하겠습니까? 가령 유관
(榆關: 산해관)을 한 덩이 진흙으로 막을 수가 있고 서로(西虜)는 채찍을
써서 복종시킬 수 있다면 모문룡이 즉시 호랑이나 이리에게 할퀴고
물리는 소굴에 버려진데도 무방하게 여길 것입니다. 만약 그렇지 않
다면 무엇을 믿고 두려워하지 않는단 말입니까? 수개월 동안 광녕(廣
寧) 앞 여러 곳에서 오랑캐가 화살 한 대도 날려 보내지 못한 것은 진

실로 거침없이 쳐들어갔다가 모문룡이 그들의 배후를 책잡을까 두려워한 것입니다. 모문룡은 오랑캐를 섬멸시키기에는 부족하고 오랑캐를 견제하기에는 남음이 있습니다. 비난하는 자가 모문룡 버리기를 도랑 막고 있는 쓸모없는 물건 같이 보는데다 오랑캐는 오로지 서쪽을 향해 갑옷 입은 병사들을 거두어 급히 달려오니, 위태로운 산해관과 고립된 보루를 어찌 방어할 수 있었겠습니까? 하물며 그가 병사들을 여순(旅順)에 벌여놓으며 돛단배를 개조해 놓고 있었는데, 만에 하나 저들이 바다의 섬을 점거해 등래(登萊)를 바라보다가 아군의 병선(兵船: 전투선)이라고 가장하고 노를 저어 신속히 이른다면, 그때는 지원이 늦어진 것을 후회한들 일을 그르친 것을 어찌하겠습니까!

　모문룡의 상소문에 의하면, 오랑캐의 실정을 매우 상세히 이야기하였고 또 어느 섬의 군대가 얼마나 되고 어떤 장수가 통솔하고 있는지 말하였는데, 진실로 바다의 각 섬들을 오랑캐로 하여금 먼저 점거하게 하여 저들의 분수에 넘치게 바라는 마음을 장구히 하고 우리의 견제하는 길을 끊게 해서는 안 됩니다. 무릇 요동의 백성들은 누르하치의 학대에 괴로워 조선국[麗國]으로 도망쳐 의지한 자가 십여 만을 헤아리는데, 그들 중 마음속으로 중국을 위해 죽으려는 자도 역시 수만 명입니다. 진실로 칙령을 내려 호부(戶部)로 하여금 누차 신의 부서(部署: 병부)처럼 군량 10만 섬에 대해 의논하여 앞서 보내어 지원하고 요동의 백성들 중 용맹한 자를 선발해 진중(陣中)에 배치하여 각 섬에 벌여놓고서 온 무관을 나누어 예속시키게 한다면 이미 모집하는 것이 지체되는 잘못이 없는데다 또 가정의 생계를 지원하기 위한 양식을 지급해주는 비용도 들지 않을 뿐더러, 비교하건대 객병(客兵: 타지에서 온 군대)은 그 고장 풍토에도 익숙지 않고 찬바람에도 견디지 못하고 용감하게 싸우지 않는 자들이니 비용은 갑절이나 아낄 수 있고 기세는 다시 두 배나 왕성해지는지라, 이렇게 되면 한 명의 병사가 백 명의 오랑캐를 감당할 수 있습니다. 무릇 한 덩이 진흙으로 막거나 채찍을 써서 복종시킬 수 없다는 것으로 조정에선 또한 수백만의 금전을 아끼지 않고 보충하려는 계획이고, 명백히 오랑캐를 엿볼 수 있는 자는 급히 부르는데도 놔두고 손을 내밀지 않으니, 신(臣)은 적이 당혹스럽습니다.

신(臣)의 부서(部署: 병부)가 이전 상소문에서 아뢴 민병(閩兵)을 모집하고 훈련시켜서 바다를 건너는 것은 시일이 오래 걸리기 때문에 덧붙일 말이 없습니다. 유독 회병(淮兵)만은 앞서 성지(聖旨)를 받들어 바다를 건넜는데 회양(淮陽)에서 사악한 세력을 소탕한다는 것을 구실 삼아 어사(御史)의 위세로 마음대로 행동하고 있습니다.

조정의 의도는 조삼모사(朝三暮四)라 변덕스러워 갈피를 잡을 수 없으니, 그 무엇으로 칙령을 보여야 모두에게 명백하기가 선을 그은 것 같겠습니까? 무릇 한번 바다를 건널 따름인데도 겁이 많은 자는 두려워하며 해가 될 것으로 여기나, 간사한 자는 군침을 삼키며 이익이 될 것으로 여기고, 이른바 빌린 차위(箚委: 위임의 하달 공문)로 소동을 일으켜 해를 끼치는 것이 끝이 없으니, 그 힘을 빌려 백성들의 사정을 돌보지 않고서 그 물건을 탐하여 백성들의 바람을 저버리는 데에 이른다면, 먼 지방 사람들을 회유하는 것을 무엇이라 하겠습니까? 신(臣)의 부서(部署: 병부)는 당연히 경략과 순무 등 여러 신하들과 누차 엄히 더 경고를 하였습니다. 사유를 이미 갖추어 아뢰며 이전 하던 대로 재차 주청(奏請)하고 명이 내리기를 기다렸다가 받들어 시행하겠나이다."

이로부터 조정에서는 피도(皮島)의 병마(兵馬)가 진실로 등래(登萊)와 천진(天津)을 도울 수도 있고 진실로 누르하치를 견제할 수도 있다는 것을 알아차리지 못할 수가 없었다. 하나의 피도가 있으면 각 섬들을 제어할 수가 있고, 각 섬들이 있으면 등래와 천진의 군대가 점차로 배를 대어 머무를 수도 있으며 점차로 금주(金州)·복주(復州)·해주(海州)·개주(蓋州)의 사위(四衛)를 향하여 전진할 수도 있었다. 만약 모문룡 그가 무마하여 복종시키지 않고 누르하치가 먼저 이 섬들을 차지하였다면, 이 섬들은 누르하치에게 복속되어 그가 지휘하는 대로 더러는 일개 역적이 되어 동양성(佟養性)과 이영방(李永芳)의 무리와 같았을 것이니, 중국인으로서 중국을 이용하고 중국의 해전술(海戰術)을 배워서는 황성도(皇城島)에 영채(營寨)를 세워 산동(山東)에 바싹 접근했을 것이고, 광록도(廣鹿島)에 영채를 세워 천진(天津)에 바싹 접근 했을 것이다. 양쪽으로 출병할 수 없는 것은 말할 필요가 없으나 방어하는 것을 언급하자면, 근년에 와서 조정에서는 단지 산해관(山海關)만을 전력으로 방어하고 천진과 등래를 긴급하게 생각지 않아 여태까지 성(城)을 잃고 보(堡)를 잃었다는 소식만 듣고 그 후로 다시 금주(金州)의 여러 지방을 수복했다는 소식만 들을 수 있었으니, 모문룡의 계획과 책략이 어찌 빈말로 조정을 속이고 황제로부터 상을 받으려는 것이랴.

모문룡의 계획과 책략에 관한 글을 펼쳐 읽어보면, 사람들로 하여금 장백산(長白山)이라는 봉호(封號)를 내리려는 생각을 갖게 한다. 아, 지금 어디에 있단 말인가.

원문과 주석

遼海丹忠錄 卷三

요해단충록 3

第十一回 避敵鋒寄迹朝鮮 得地勝雄據皮島

兵甲[1]胸蟠，鯨鯢[2]頸繫。漢官儀[3]，遺民重睹。笑摧枯，驚破竹[4]，直是風雷[5]厲，師行無滯。溟海滄茫，窮邊迢遞。爭奈是，軍孤乏繼。望援師，呼庚癸[6]，徒有憂時涕。阿誰相濟。《錦帳春》

死有重于泰山，死有輕于鴻毛[7]。故魯曹劌[8]三敗不死[9]，後來以兵劫齊桓

1　兵甲(병갑): 병기와 갑주. 여기서는 병서를 일컫는다.

2　鯨鯢(경예): 고래의 수컷과 암컷을 가리키는 말. 小國을 병탄하려는 흉악무도한 자를 뜻한다.

3　漢官儀(한관의): 漢나라 관리의 복식과 儀仗, 禮儀 등을 가리키는 말. 後漢의 光武帝 劉秀가 王莽을 무찌르고 즉위하자 늙은 관리가 눈물을 흘리며 "오늘 한관의 위의를 다시 보게 될 줄은 생각지도 못했다." 하였다. 난리를 겪은 뒤 조정이 다시 회복되었음을 뜻한다.

4　驚破竹(경파죽): 쪼개지는 대나무 소리에 놀람. 여기서는 대나무의 한끝을 갈라 내리 쪼개듯 거침없이 적을 물리치며 進軍하는 기세를 이르는 말이다. 곧 破竹之勢이다.

5　風雷(풍뇌): 폭풍우.

6　呼庚癸(호경계): 양식을 구걸한다는 말. 吳나라 申叔儀가 公孫 有山氏에게 양식을 구걸하자 유산씨가 "쌀은 없지만 곡식은 있으니, 首山에 올라 '庚癸야!'라고 부르면 내가 응낙하겠소.(梁則無矣, 麤則有之, 若登首山以呼曰: '庚癸乎' 則諾.)"라고 하였던 데서 나오는 말이다. 庚은 西方에 해당하여 가을에 수확하는 곡식을 상징하고 癸는 오행 중 물에 해당하기 때문에, '庚癸'가 먹을 것과 마실 것을 뜻하게 된다. 軍中의 양식은 외부로 내어 줄 수 없기 때문에 은밀히 양식을 주려고 隱語를 약속한 것이다.

7　死有重于泰山, 死有輕于鴻毛(사유중우태산, 사유경우홍모): 司馬遷이 쓴 〈報任少卿書〉의 "사람은 언젠가 한 번 죽는데, 죽어서 태산보다 중한 이름을 남기는 사람도 있고, 기러기 털보다 가볍게 취급을 당하는 사람도 있다.(人固有一死, 死有重于泰山, 或輕于鴻毛.)"에서 나오는 말.

8　曹劌(조귀): 춘추시대 魯나라 장군. 曹沫이라고도 한다. 齊나라가 노나라를 침공하자 莊公을 뵙기를 청하고서 "백성들에게 믿음을 산 뒤에야 싸울 수 있다."라고 하며 종군하기를 청하여 제나라 군사를 크게 이겼다.

9　三敗不死(삼패불사): 李陵의 〈答蘇武書〉의 "옛적에 범려는 회계에서 수치를 당했으나 죽지 않았고, 조말은 제나라와 세 번을 싸워 세 번 패하는 수모를 당했으나 죽지 않았다.

公[10], 復累敗之地[11]; 管仲[12]三戰三北[13], 也不死, 後來脫羈囚[14], 成一匡天下

(昔范蠡不殉會稽之恥, 曹沫不死三敗之辱.)"에서 나오는 말.

10 齊桓公(제환공): 齊나라의 15대 군주로 본명은 小白. 齊僖公의 서자이며 齊襄公의 이 복동생이다. 제양공이 連稱과 管至父에 의해 시해된 후 政敵인 공자 糾를 제치고 즉위하여 43년 동안 재위하였다. 재위 기간 중 管仲·鮑叔牙·寧戚 등 현신들의 보필을 받아 내 치와 외정 양면에서 혁혁한 성공을 거둬 제나라를 제일의 강대국으로 진흥시키고 천하 제후들을 아홉 차례나 소집해 대규모의 국제회의를 열어 패자로 추대됨으로써 春秋五覇 의 선봉이 되었다.

11 復累敗之地(복누패지지): 齊나라 桓公이 諸侯에게 맹약을 지킨 것을 말함. 이를 '曹柯之 盟' 혹은 '柯會之盟'이라고 한다. 춘추시대에 魯나라가 齊나라와 싸워 세 번이나 패했으나, 魯莊公과 齊桓公이 柯邑에서 會盟을 할 적에 노나라 장수 曹劌가 비수를 들고 제환공을 위협하자, 노나라가 빼앗긴 땅을 모두 돌려주겠다고 약속을 하고는 그대로 이행하였다.

12 管仲(관중): 춘추시대 齊나라의 정치가. 이름은 夷吾. 친구 鮑叔牙의 권유로 桓公을 섬기고 재상으로서 환공을 도와 霸者로 만들었다.

13 三戰三北(삼전삼배): 세 번을 싸워 세 번 달아남. 《列子》〈力命篇·管鮑之交〉의 "내가 일찍이 세 번을 싸워서 세 번을 달아났으나 포숙은 나를 비겁하다고 여기지 않고 나에게 늙은 어머니가 계신 때문이라고 알아주었다.(吾嘗三戰三北, 鮑叔不以我爲怯, 知我有老母 也.)"에서 나오는 말이다.

14 後來脫羈囚(후래탈기수): 《明心寶鑑》〈存心篇〉 제60장의 "제가 듣기에 사소한 절개에 얽매이는 사람은 영예로운 이름을 이룰 수 없고, 작은 치욕을 싫어하는 사람은 큰 공을 세울 수 없다고 합니다. 옛날 管夷吾가 齊桓公을 활로 쏘아 그 혁대의 쇠고리를 맞힌 것은 찬탈이며, 또 공자 糾를 저버리고 그를 위해 죽지 않은 것은 비겁함이고, 몸이 포승줄로 묶여 수갑과 차꼬를 차게 된 것은 치욕이었습니다. 이런 세 가지를 행한 사람이라면 세상의 군주는 신하로 쓰지 않을 것이며, 고향 사람들조차 사귀려 하지 않을 것입니다. 만일 관중이 옥에 갇혀서 나오지 못하였거나, 죽을 때까지 제나라로 돌아갈 수 없었다면, 역시 치욕스러운 사람이며 미천한 행동을 했다는 평판을 면하지 못하였을 것입니다. 노비조차 도 그와 더불어 같이 거론되는 것을 부끄러워하였을 텐데, 하물며 세상의 보통 사람들이 야 어떠하였겠습니까? 그러므로 관중은 몸이 감옥에 갇혀있는 것을 치욕으로 여기지 않 고 천하가 다스려 지지 못하는 것을 치욕으로 여겼으며, 공자 規를 위해 죽지 않은 것을 부끄러워하지 않고 제후들에게 위엄을 떨치지 못하는 것을 부끄러워하였으니, 이런 까닭 으로 세 가지 잘못된 행위를 겸하고도 환공을 五覇의 우두머리로 만들어 명성을 천하에 드높이고 이웃 나라에 까지 빛을 비추게 되었던 것입니다.(且吾聞之, 規小節者不能成榮 名, 惡小恥者不能立大功. 昔者管夷吾射桓公中其鉤, 篡也 ; 遺公子糾不能死, 怯也 ; 束縛 桎梏, 辱也. 若此三行者, 世主不臣而鄕里不通. 鄕使管子幽囚而不出, 身死而不反於齊, 則 亦名不免爲辱人賤行矣. 臧獲且羞與之同名矣, 況世俗乎! 故管子不恥身在縲紲之中而恥天 下之不治, 不恥不死公子糾而恥威之不信於諸侯, 故兼三行之過而爲五霸首, 名高天下而光 燭鄰國.)"가 참고됨.

之烈[15]。 大丈夫自看得定, 後來必能爲國家做一番事業, 便不須悻悻而死。但不可似漢李陵[16], 藉口[17]陵不死, 將以有爲也, 把一箇身子降胡, 家覆名滅。毛遊擊他止以四百人襲取鎭江[18], 歸附的多。連復州遊擊單盡忠, 前見他招撫, 尙未歸心, 後邊聞他鎭江成功, 也聚集遼民五六萬, 與毛遊擊聲勢相應。只是奴酋先時把一箇佟養眞[19]守住鎭江, 斷了朝鮮來路, 南四衛[20]多已投降, 他道遼陽[21]可以穩據了。不期毛遊擊復了鎭江, 東結朝鮮, 西連四衛, 南接登萊[22] · 天津[23], 東要防他與朝鮮合兵搗巢, 南防他與四衛登津合兵恢復遼陽; 若犯廣寧[24], 又怕他合兵斷河, 截他歸路, 或輕兵襲他

---

15 成一匡天下之烈(성일광천하지열):《論語》〈憲問篇〉의 "子貢이 말하였다. '管仲은 인한 사람이 아니겠지요? 齊桓公이 공자 糾를 죽였는데도 함께 죽기는커녕 오히려 그를 도와주었습니다.' 공자께서 말씀하셨다. '관중이 제환공을 도와 제후들의 패자가 되게 하여 천하를 한번 바로잡으니, 백성들이 지금까지 그 혜택을 입고 있다. 만일 관중이 없었더라면 우리는 지금 머리를 풀어헤치고 옷깃을 왼쪽으로 여미어 매는 오랑캐가 되었을 것이다. 어찌 보통의 남자와 여자가 자질구레한 신의를 지키기 위해 도랑에서 스스로 목을 매어 (사람들이)아무도 그를 알아주지 않는 것과 같을 수야 있겠느냐?'(子貢曰: '管仲非仁者與? 桓公殺公子糾, 不能死, 又相之.' 子曰: '管仲相桓公, 霸諸侯, 一匡天下, 民到于今受其賜. 微管仲, 吾其被髮左衽矣. 豈若匹夫匹婦之爲諒也, 自經於溝瀆, 而莫之知也?')"가 참고됨.
16 李陵(이릉): 漢나라 사람. 자는 少卿. 젊어서부터 기마와 궁사에 능하였다. 李廣利가 흉노를 쳤을 때 보병 5,000을 인솔하여 출정, 흉노의 배후를 기습하여 이광리를 도왔다. 그러나 귀로에 무기와 식량이 떨어지고 8만의 흉노군에게 포위되어 항복하였다. 이릉은 큰 욕을 참고 뒷날을 기약하기 위해 항복하였으나, 武帝는 그 사실을 듣고 크게 노하여 그의 어머니와 처자를 죽이려 하였다. 이때 司馬遷은 이릉을 변호한 탓으로 무제의 분노를 사서 宮刑에 처해졌다. 이릉은 흉노에 항복한 후 單于의 딸을 아내로 맞아들였고, 右校王으로 봉해져 선우의 군사 · 정치의 고문으로서 활약하다 몽골고원에서 병사하였다. 오랑캐에 항복한 장수, 혹은 그 忠義를 제대로 인정받지 못한 장수의 대명사로 쓰인다.
17 藉口(자구): 구실을 삼음. 핑계로 삼음.
18 鎭江(진강): 鎭江堡. 중국 遼寧省 丹東의 북동쪽에 있는 요새지.
19 佟養眞(동양진): 佟養正으로 표기됨. 여진의 후손으로 임진왜란 당시 副總兵으로 참전했으며, 후일 後金에 투항했다가 1621년 鎭江을 기습한 毛文龍에게 처형당했다.
20 四衛(사위): 金州, 復州, 海州, 蓋州를 통칭한 말.
21 遼陽(요양): 중국 遼寧省 중부에 있는 지명.
22 登萊(등래): 登州와 萊州의 합칭어.
23 天津(천진): 중국 河北省 동부에 있는 지명.

糧, 剿他後隊, 有一箇不兩立之勢了。況且佟養性[25]又因他拿了兄弟佟養
眞, 急要報仇, 攛哄奴酋先取四衛, 使他回不得廣寧。後邊裝載砲車, 直取
鎮江, 故此先把一箇劉愛塔[26]封做總督蓋復金三衛總兵鎮守, 領兵來管理
三處。單遊擊不伏他管理, 殺了他招降人。劉愛塔大怒, 報知奴酋, 要來
征剿。單遊擊知是對他不過, 忙將城中百姓, 渡到長山島躱避。韃賊知道
來追, 喜得不知水性, 遭風打壞船兩隻, 淹死了許多人, 逐不敢來, 只候佟
李二賊軍令, 同取鎮江。

此時毛遊擊正在鎮江招降納附。只見報馬來, 奴酋已收了蓋復金三衛,
單遊擊已退入長山島, 毛遊擊道: "這賊是斷我歸路, 剪我羽翼, 不久就來攻
我了。" 就分付城中百姓, 有願歸中國的, 可卽收拾行李, 暫赴各島安揷, 著
蘇其民·張盤·李景先, 分投裝載, 散入猪島·獐子[27]·廣鹿各島。城中攜
兒挈女, 擔籠挑箱, 疊疊不絕。毛遊擊差兵護送, 不許百姓自相[28]搶劫, 又行

---

24 廣寧(광녕): 廣寧城. 중국 遼寧省 北鎭에 있는 성.

25 佟養性(동양성): 명나라 말기의 여진인으로 명나라의 관직을 받았으나 이후에 건주여
진으로 투항한 인물. 아버지를 따라 명나라에 투항하여 요동에 정착하였다. 1616년 누르
하치가 後金을 건국하자, 그와 내통하였고 撫順을 함락하는 데 기여하였다. 누르하치가
종실의 여인을 아내로 주었으므로 어푸(額駙, efu) 칭호를 받았고 三等副將에 제수되었
다. 1631년부터 귀순한 漢人에 대한 사무를 전적으로 관장하게 되었고 火器 주조를 감독
한 공으로 암바 장긴(大將軍, amba janggin)이 되었다. 1632년 훙타이지가 차하르(察哈
爾, cahar) 몽골을 공격할 때에 심양에 남아 수비하였는데, 이때 병으로 사망하였다.

26 劉愛塔(유애탑, Aitai): 요동 한족 출신. 조선의 기록에는 劉海로 되어 있ek. 1605년
후금의 포로가 된 후 영특한 재주로 누르하치의 총애를 받아 다이샨(Daišan, 代善) 휘하
문관으로 활약하였다. 후금이 요동을 점령한 이후 1622년 金州, 復州, 海州, 蓋州 4주를
유애탑에게 맡기고 총관에 임명할 정도로 신임이 두터웠다. 유애탑은 정묘호란 당시 조선
과의 맹약에 관여하였으며 조선을 위해 여러 모로 조언도 하였다. 조선의 기록에는 교활
하고 재물을 탐하는 자로 되어 있다. 그러나 유애탑은 실상 거짓으로 후금을 따르고 있었
고 조선에도 비밀리에 자신이 오랑캐의 휘하에 있으나 마음은 언제나 조국인 명에 있다고
도 알려왔다. 1628년 유애탑은 이름을 劉興祚로 고치고 3형제와 함께 후금을 탈출하여
椵島로 가서 毛文龍 휘하에 배속된다. 유애탑의 배신에 후금인들은 매우 큰 충격을 받았
다고 전해진다. 유애탑은 1630년 후금과의 전투에서 전사한다. 유애탑의 동생은 劉興治,
劉興梁 등이다.

27 獐子(장자): 獐子島. 평안북도 용암포로부터 남서쪽으로 약 17km 떨어져있으며, 압록
강 하구로부터 약 12km 떨어진 지점에 위치함.

牌[29]各船, 火緊裝載, 不許索錢鈔。似此兩日, 已是二十七日, 毛遊擊道:"不好了! 再是兩日, 奴兵必到, 勢須分投避他, 以圖再舉, 豈可坐以待斃!"自帶了部下家丁[30], 倂城中願行百姓, 約有二萬, 渡江走入朝鮮地方。

　　一鞭驕馬[31]去匆匆, 避敵他鄉效古公[32]。
　　身在不妨圖再舉, 肯敎輕自殞蒿蓬。

　到彌川堡屯下, 求宣諭朝鮮梁監軍[33], 要他對朝鮮國說助兵。這廂佟李

---

28 自相(자상): 자기편끼리 서로.

29 行牌(행패): 출동 명령.

30 家丁(가정): 관원이나 장수에게 소속된 하인이나 사적 무장 조직. 將領에게 소속된 정식 군대 외에 사적 조직으로 만들어진 최측근 친위 정예 부대를 일컫기도 하였다.

31 驕馬(교마): 키가 6척이 되는 말을 가리킴.

32 古公(고공): 古公亶父. 옛날의 흉노인 燻育이 邠땅을 쳐들어오자 岐山 아래로 도읍을 옮겼다.

33 梁監軍(양감군): 梁之垣을 가리킴.《光海君日記》1621년 9월 22일조에 따르면, 登州 출신이고 별호는 丹崖로 1607년 진사가 되었고 1621년에 南路監軍에 임명되었다. 1622년 4월 18일조 2번째 기사에 의하면 그가 황제의 칙서를 가지고 조선에 파견되었으며, 칙서 내용도 상세히 알 수 있다. 곧, "하남 안찰 부사 梁之垣을 신칙하노라. 지금 奴酋가 순리를 범하매 天討가 바야흐로 펼쳐져 三方에 배치하여, 이미 登州와 萊州를 나누어 南路로 삼고 특별히 명하여 그대를 南路監軍으로 삼는다. 一方의 군사들을 그대의 주관에 맡기니, 칙서를 가지고 가서 朝鮮을 宣諭하고 그대가 도와 이루도록 하라. 여러 방면을 경영하고 어루만지며 開諭하여 고무시키라. 그리하여 그들로 하여금 병사를 요해처에 머물게 하여 遼衆 가운데 도망해 숨는 자들을 벌주는 것을 돕게 하라. 그리고 일면으로는 덕을 펴 진휼하라. 이어 將官들을 감독하여 거느리고서 東土 일대의 항거하는 賊들과 良民들을 불러들여 그 가운데 정예로운 사람들을 뽑아 군대에 충원하여 함께 근거지를 지키라. 麗兵에 대한 음식 등의 제공, 賞 및 軍中의 錢糧, 器械 등의 항목은 모두 맑게 조사하여 명백하게 해당 撫院에 보고하여 총괄적으로 조사하게 하라. 그리고 소식을 때에 맞춰 통하여 犄角을 이루도록 힘써, 大師가 다 모이기를 기다려 시기를 약속하고서 나아가 토벌하라. 그대는 몸소 감독하여 조선을 고무시키도록 하라. 登州와 遼東의 장수들이 용맹을 떨치거나 적을 絶滅시킨 일체의 공과는 하나하나 기록하여 처분을 기다리라. 전투와 수비의 방략은 남로 邑鎭들이 회동하여 토의해서 해당 무원의 재가를 받아 행하고, 이어 經略의 통제를 따르라. 스스로 결정할 만한 일은, 멀리 闊外에 있으니 그대가 기미를 보아 일을 행하도록 허락한다. 그대는 이미 한 방면을 전담하여 책임이 더욱 무거우니 모름지기 마음을 다하여 살펴 계획해서

兩箇, 同奴酋兒子洪太[34], 率領兵數萬, 前駕砲車, 後擁鐵騎, 漫山塞野趕
來。二十九日, 把鎭江城鐵桶一般圍住, 口口聲聲要捉拿毛文龍[35], 砍頭祭
旗。此時城中, 除蘇其民等將船裝載撥入島中, 約有二萬餘人, 隨毛遊擊
到朝鮮也二萬有餘, 在城中的, 原不願去, 希圖獻城做功的, 都開門投順。
不知[36]佟賊恨毛文龍拿了兄弟, 又怪這些人反覆[37], 今日降漢, 明日降胡,
竟不分玉石, 帶同部下亂砍, 把城中不分老少, 殺箇罄盡, 城中房屋, 盡行
燒燬。

涓涓熱血湧如泉, 燎盡茅簷剩有烟。
一似咸陽當日事[38], 獨餘鬼火照平川。

滿城搜遍, 不見毛文龍。佟賊又去搜得幾箇人來問時, 道:"毛遊擊前日
已出城到朝鮮去了。" 問佟爺時, 道:"佟爺被毛遊擊拿住, 連幾箇守堡官,
一齊解往廣寧去, 已五六日。" 佟賊聽了大怒, 道:"不殺毛文龍, 誓不回
軍!" 把這幾人也砍死, 把砲車都推向鴨綠江, 沿江都屯了鐵騎, 差人過江,

일을 모아 공을 아뢰도록 하라. 그리하여 위임한 지극한 뜻에 부응하도록 하라. 그대는
삼가할지어다. 이에 신칙하노라. 〈天啓 원년 8월 17일〉"이다.

34 洪太(홍태, Hongtaiji): 皇太極이라고도 함. 누르하치의 8번째 아들이었다. 누르하치
가 죽은 뒤에 홍타이지는 형제들을 죽이고 자신의 지위를 강화했다. 권력다툼에서 그가
승리할 수 있었던 원인은 주로 군사지도자로서의 남다른 재능을 지녔던 데 있었다. 청나
라 제2대 황제로서 1636년에 만주에서 만주족·몽골족·한족의 황제가 되었으며 국호를
후금에서 淸으로 바꾸었다.

35 毛文龍(모문룡, 1576~1629): 명나라 말기의 무장. 호 振南. 1605년 무과에 급제. 처
음에는 遼東의 총병관 李成梁 밑에서 유격이 되었다. 1621년 누르하치가 요동을 공략하
자, 廣寧의 巡撫 王化貞의 휘하로 들어갔다. 뒤에 연안의 諸島를 자기편으로 끌어들이고,
조선과 교묘하게 손잡고 淸나라를 위협할 태세를 취하자, 左都督에 임명되었다. 그 뒤
전횡을 일삼다가 산해관 군문 袁崇煥에게 참살되었다.

36 不知(부지): 알지 못함. 여기서는 철부지, 애송이, 바보 등으로 쓰였다.

37 反覆(반복): 줏대가 없이 늘 이랬다저랬다 하여 자꾸 고침.

38 咸陽當日事(함양당일사): 項羽가 咸陽을 점령한 뒤에 秦나라 궁실을 모두 태워 석 달
동안 불이 꺼지지 않았다는 고사를 일컬음.

對朝義州節制使朴燁[39]索要毛文龍, 如不行轉送, 先攻打義州, 後去彌川堡, 捉拿毛文龍一起。

此時朴燁, 要說不在, 奴酋已探聽得毛文龍屯在彌川堡; 若要縛送, 怕中國責問; 不送與他, 設或奴兵渡江, 豈不是惹火燒身[40]! 尋思無計, 道: '不若我放一條路[41], 與他自到彌川堡。拿不著, 不干我事; 拿了去, 中國責問, 我只推奴兵自來擒捉, 勢大不能[42]救應, 責備不得我。' 就暗着通官前去, 許他差人引導, 自己擒捉。佟李二人應了, 悄悄[43]發兵, 渡了鴨綠江。過義州城, 朴燁緊閉城門, 不行攔抵, 也不差人通知毛遊擊, 竟聽他過了, 直向彌川堡來。

此時毛遊擊在堡中, 也防奴兵要來, 只倚着義州爲地方干係, 畢竟不放他入犯, 不料他已是潛地殺來, 把堡子圍住。部下報有奴兵, 毛遊擊登堡一望:

遍地飛來鐵騎, 連空布滿旌旗。
若教容易出重圍, 除是身生兩翅。

毛遊擊自想, 身邊堪戰兵士, 不及四百, 火器又不多, 料敵不過。早又堡門攻破, 毛遊擊也顧不得衆人, 只帶領得家丁三十餘人, 自騎着一匹千里黃驃馬[44], 從堡後殺開一條血路[45]就走, 無不一以當百, 殺死奴兵數百, 殺

---

39 朴燁(박엽, 1570~1623): 조선 중기의 문신. 본관은 潘南, 자는 叔夜, 호는 菊窓. 광해군 때 함경도 병마절도사, 평안도관찰사로 기강을 바로 세우고 국방을 튼튼히 했다. 권신 이이첨을 모독하고도 무사할 만큼 명성을 떨쳤으나, 인조반정 후 처가가 광해군과 인척이었다는 이유로 1623년 인조반정의 勳臣들에 의해 학정의 죄를 쓰고 사형 당하였다.

40 惹火燒身(야화소신): 스스로 고난이나 재난을 불러들임.

41 一條路(일조로): 生路. 살길.

42 不能(불능): 不能不의 오기인 듯.

43 悄悄(초초): 은밀히. 살그머니.

44 黃驃馬(황표마): 흰 점이 박힌 노랑 말.

45 血路(혈로): 적의 포위망을 뚫어 헤치고 나가는 길.

出重圍。堡內百姓, 逃的·死的, 也沒了一半。

　毛遊擊出得圍, 計點從行家丁, 也止存得一十七人, 後面塵砂大起, 早已追來了, 頭隊韃子有三五百。毛遊擊見他逼近, 反將馬帶轉, 一齊沖回[46]。出其不意[47], 韃兵喫了一驚, 被毛遊擊將爲首的砍死了百數, 韃兵退去, 復合着第二隊趕來。毛遊擊看見一座樹林, 却把馬閃入, 讓他過去, 復繞過林子, 走在他後, 又一齊大喊一聲, 殺得韃兵亂攛。又殺傷他百餘, 意思要嚇他回去, 那韃兵却又合了些趕來。毛遊擊道:“方纔慌慌出堡, 乾糧都不曾帶得, 如今又乏, 如何是好!”只見一箇家丁王鎬道:“前面是三岔路, 爺可往西去到平壤, 我哄他往東, 緩住追兵。”毛遊擊果然帶十六騎往西, 王鎬獨自一箇在東, 打着馬兒慢慢行。韃兵趕來, 瞧見西路無人, 東路影影有人行動, 便發一聲喊趕來。這王鎬不怕事, 偏兜轉馬, 舞着兩把刀殺來。這些韃子見他衣裝齊整, 錯認做毛遊擊, 團團圍, 道:“不要放箭, 佟爺要活的!”只把鎗刀來殺。這王鎬是拚箇死的, 反兩把刀雪花似亂飄, 砍得人風葉般亂滾, 砍傷豈止百多箇韃子。不料馬中了幾鎗, 一交跌倒, 王鎬便下馬步殺。又砍了許多, 早用力已盡, 兩臂俱提不起, 要自刎時, 刀也使不得, 便笑道:“你拿去, 你拿去!”衆韃子一齊趕來捉住, 道:“拿住了毛文龍, 拿住了毛文龍!”王鎬道:“奴酋! 毛爺蓋世英雄[48], 可是你近得的, 拿得的!”那會佟養性聽得拿了毛文龍, 飛馬趕來, 只見衆兵道:“這蠻子[49]不是毛文龍, 却砍壞了我百數人!”佟養性道:“這等也是條好漢[50], 你便在我麾下罷。”王鎬道:“奴狗, 我學你反叛天朝麼!”便待奪刀來砍, 終是力乏。佟養性大怒, 忙叫砍, 便剛刀亂下, 砍做一團肉泥[51]。

---

46 沖回(충회): 突入。 달려듦.

47 出其不意(출기불의):《孫子兵法》〈始計〉의 “적이 대비하지 않은 곳을 공격하고, 적이 예상하지 못한 때에 공격한다.(攻其無備, 出其不意.)”에서 나오는 말.

48 蓋世英雄(개세영웅): 기상이나 위력, 재능 따위가 세상을 뒤덮을 만큼 큰 영웅.

49 蠻子(만자): 옛날, 북쪽 사람이 남쪽 사람을 얕잡아 이르던 말.

50 好漢(호한): 사내대장부. 호걸.

51 肉泥(육니): 잘게 다진 고기. 다짐육.

意氣薄靑雲, 何嫌首領分[52]。

殺身殉主難, 不愧紀將軍[53]。

再抓尋[54]毛文龍時, 絕無踪影, 佟養性只得[55]收軍去了。

毛遊擊探得奴兵已去, 復到彌川堡來。可憐屍橫遍地, 不是折脚, 却是無頭, 這些隨來的百姓, 也有潰圍走出的, 也有躱在隱處的, 也有混在死屍中的, 剩的不下萬餘。却移文義州, 道他潛通奴酋, 引兵殺害, 又移咨[56]議政府, 道國王背國家平倭之厚恩, 却通奴虜, 殘害中國人民, 圖殺中國大將。議政府差通官朴弘文, 再三來辨[57], 說是邊臣失事。毛遊擊定要上本, 要請登萊天津兵來討罪。議政府只得計議道: "留他在此, 畢竟爲禍胎, 惹奴酋來搔擾, 不若助他些兵糧, 送他回島, 可以兩全。"遂又著朴弘文來見, 說: "國王受天朝大恩, 並無異志。看得本國海中, 有一座皮島, 可以屯兵, 可以耕種, 情願差人協助開闢, 助耕牛穀種屯田[58], 若奴酋來攻, 發兵犄角[59]。"毛遊擊也假脫手應了。朝鮮便備辦船隻, 送他到皮島中來。果然好一箇所在:

「山擁連城[60], 海開天塹。林標彩幟, 濤振驚鼇。前列着獐子島·石城島[61],

---

52 首領分(수령분): 머리와 목이 나뉜다는 뜻으로, 목이 베임을 이르는 말.

53 紀將軍(기장군): 前漢의 장군 紀信을 가리킴. 劉邦은 彭城에서 項羽의 3만 정예병에게 대패하고 滎陽城으로 도망가게 되었다. 수개월에 걸친 포위로 성내에 군량이 거의 떨어지자 紀信은 劉邦의 차림을 하고 거짓으로 항복하여 유방이 도망갈 수 있는 활로를 열어주었고, 분노한 항우에 의해 불에 타 죽었다. 이를 계기로 전세는 역전되고 오히려 항우가 궁지에 몰리게 된다.

54 抓尋(조심): 찾음.

55 只得(지득): 할 수 없이. 부득이.

56 移咨(이자): 咨文을 보냄. 자문은 중국과 왕래하던 외교문서의 하나이다.

57 辨(변): 辯의 오기인 듯.

58 屯田(둔전): 주둔병이 농경에 종사함.

59 犄角(의각): 犄角之勢. 사슴을 잡을 때 사슴의 뒷발을 잡고 뿔을 잡는다는 뜻으로, 앞뒤에서 적을 몰아침을 비유적으로 이르는 말.

高拱[62]藩籬; 側連着廣鹿島·皇城島, 遙聯臂指。飛泉甘冽, 何愁斥鹵[63]難
飧; 廣野膏腴, 最喜耰鋤可運。正是天爲中國添雄鎭, 地控華夷作遠圖。」

　毛遊擊到島中一看, 果然廣有百餘里, 內中多有山泉, 不通地脈, 都淡而
可喫, 有曠野, 可以耕種。西北一路出海, 其餘四面盡是高岩峻壁, 複嶺危
岡, 重重包裹, 似一座石城。背面東西各有一山, 高峻可以瞭望四方往來
船隻。島前列着三箇小島, 是日前招撫的, 一座是石城島, 一座獐子島, 一
座鹿島, 左首環着的是向日留王參將屯扎的廣鹿島, 右首朝鮮地方, 背後
是座皇城島。前有拱, 後有衛, 左右又有擁護, 果然是一箇形勢之地。毛
遊擊看了, 滿心歡喜, 道: "各島人民, 都是我招撫的, 如今我要進兵, 却可
由各小島漸進, 他要攻我, 不惟不善駕船, 料不能舍各島飛來, 這眞是可戰
可守處所。" 一面行文各島知會, 聽他節制, 一面移咨登萊天津, 共圖進
取。這正是他平日報主有心, 今日更用武有地了。

　　喜是龍歸海, 還欣虎負嵎[64]。
　　從今窮島上, 決策斬單于。

　但一時雖是得地, 只是資籍[65]屬國, 終是資糧不足, 方經奴酋掩襲而來,
終是兵氣不揚[66]。況遠在海中, 終不似在鎭江, 可以呼應南衛。不知還可
以備廣寧緩急[67], 止得奴酋長驅麼?

60　連城(연성): 九連城을 가리킴. 압록강 입구 丹東市의 북동쪽에 있었다.

61　石城島(석성도): 요동반도 남단에 있는 섬.

62　高拱(고공): 높은 곳에서 팔짱을 끼고 있음.

63　斥鹵(척로): 땅이 경작을 할 수 없을 정도로 염분이 많음.

64　虎負嵎(호부우):《孟子》〈盡心章句 下〉의 "호랑이가 산모퉁이를 등지고 앉아 있어 사
람들이 감히 달려들지 못하였다.(虎負嵎, 莫之敢攖)"에서 나오는 말.

65　資籍(자적): 資藉의 오기. 의지함. 힘입음.

66　兵氣不揚(병기불양): 杜甫가 지은〈新婚別詩〉의 "여자가 진중에 있으면 사기가 드날
리지 않는다.(婦人在軍中, 兵氣恐不揚.)"에서 나오는 말.

鎮江之役, 原以奪虜之膽, 非以收平胡績也。坐以待斃, 迂矣; 戰九天而
潛九地[68], 眞善勝之將, 此其發軔[69]乎!

彌串[70]之先, 虜曾襲之車輦[71], 毛將軍曾以水淋山成冰, 因其人馬蹶, 亟
擊之, 殺其衆數千, 蓋以術勝人, 以寡勝人[72]者。

---

67 緩急(완급): 어려운 일.

68 戰九天而潛九地(전구천이잠구지): 九地는 깊은 땅속을 가리키며 九天은 높은 하늘을
가리킴. 중국의 병서인 《李衛公問對直解》에 "혹은 九地에 잠겨있고 혹은 九天에서 動하
여 神과 같은 지혜는 오직 폐하께서 소유하고 계시니, 臣이 어찌 이것을 알겠습니까?(或
潛九地, 或動九天, 其知如神, 唯陛下有焉, 臣何足以知之?)"라고 하면서, 그 原注에 "혹은
九地의 깊음과 같이 조용하고 혹은 九天의 높음과 같이 動하여, 신묘하고 측량할 수 없는
지모는 오직 폐하께서 소유하고 계시니, 臣이 어찌 이 방법을 알겠습니까?(或潛如九地之
深, 或動如九天之高, 其知謀如神之妙, 不可測度, 唯陛下有焉, 臣何足以知此道?)라고 했
는데, 《孫武子》〈軍形〉에 "수비를 잘하는 자는 九地의 아래에 감추고, 공격을 잘하는 자는
九天의 위에서 출동하듯이 한다.(善守者, 藏於九地之下, 善攻者, 動於九天之上.)"라고 한
말이 보인다.

69 發軔(발인): 차바퀴에 괸 나무토막을 풀어서 차를 움직이게 함. 비유적으로 새로운
일이 시작된다는 말로 쓰인다.

70 彌串(미곶): 평안도 龍川에 있는 鎭所 이름.

71 車輦(거련): 한양과 의주를 연결하는 義州路에 있는 車輦驛을 가리킴. 모문룡이 후금
의 배후를 공격하자, 모문룡의 군대와 후금군은 宣州, 晏庭, 車輦, 의주 등지에서 수차례
의 전투를 벌였다.

72 以寡勝人(이과승인): 以寡勝衆이 보다 분명한 표현임.

第十二回 劉渠力戰鎭武 一貴死守西平

奇兵[1]迢遞[2]隔朝鮮, 胡虜長驅涉大川。
已見木罌[3]浮鐵騎, 誰憑天塹拒投鞭[4]。
西平[5]日落旌干冷, 廣武[6]風高鼓角連。
愁是折沖[7]無偉略, 却敎(叫)士馬飽戈鋌。

　　大凡守者必要依險阻, 這險阻不過是高山峻嶺·大川濶澗。 故此遼東
以鴨綠一江分華夷, 又以三岔一河分東西, 山之有路處設立關隘[8], 水之淺
處設立津渡。 這是險要。 如河東是淸河[9]·撫順[10]兩關, 控住奴酋入門, 河
西是西平一堡, 扼住[11]聯橋渡處。 屯兵設將在山的, 乘他車不得方軌, 馬不
得馳驅, 可以破他; 在水的, 或是勁弓强弩, 邀擊他于半渡, 不得近岸, 這都

1　奇兵(기병): 전쟁에서 기이한 꾀를 써서 적을 기습적으로 치는 군대.
2　迢遞(초체): 까마득히 멂.
3　木罌(목앵): 木罌缻. 나무로 만든 통 여러 개를 얽어 쭉 한 줄로 띄우고 그 위에 판자를 깔아 물을 건너는 장치.
4　投鞭(투편): 投鞭斷流. 前秦의 符堅이 東晉을 공격하려 할 때, 그의 부하 石越이 동진에는 長江의 험고함이 있어서 함부로 군대를 출동시켜서는 안 된다고 하자, 부견이 말하기를 "이렇게 많은 우리 군대로 장강에 채찍만 던져도 그 흐름을 단절시킬 수 있는데, 무슨 험고함을 믿을 수 있겠는가.(以吾之衆旅, 投鞭於江, 足斷其流, 何險之足恃?)"라고 하며 공격을 감행한 고사에서 나오는 말이다.
5　西平(서평): 西平堡. 遼東 廣寧右衛에 속한 보. 1622년 누르하치의 침공을 받아 함락된 곳이다.
6　廣武(광무): 산 이름. 楚나라 項羽와 漢나라 劉邦이 몇 달 동안 대치했던 곳이다.
7　折沖(절충): 적을 막아 승리를 거둠. 적을 제압하여 승리함.
8　關隘(관애): 관문. 요새. 요충지.
9　淸河(청하): 중국 遼寧省 鐵嶺市에 있는 지명.
10　撫順(무순): 중국 遼寧省 중부에 있는 탄광 도시.
11　扼住(액주): 급소를 짓누름. 요충지를 장악함.

是設險[12]之意。

奴酋向與佟李二叛將, 謀取廣寧, 奈是毛遊擊連結了四衛, 他要是遼陽渡河, 怕是西平前阻, 海州四衛在後邊追襲, 首尾難顧。如今把一個毛遊擊逼往朝鮮, 又設兵一支, 屯在鎮江, 隄防朝鮮, 劉愛塔鎮守了金復蓋三衛, 又屯兵一支在旅順, 以防登萊天津水兵。分布已定, 他在十一月二十九殺牛宰馬, 大犒三軍。十二月初一, 將句竿[13]·雲梯·砲車各項, 陸續[14]都運到海州, 要乘冰堅渡河, 襲取廣寧。王撫[15]知道, 盡發義勇五營, 向三岔河[16]打冰, 又沿河布擺巡綽, 着人知會西虜, 借兵七千, 分付遊擊劉世勛, 帶兵一千, 與他一同屯札[17], 着他探聽奴兵, 一過河便行攻擊。又令副將鮑承先[18]率兵在大黑山[19]遍揷旌旗, 點放烟火, 以疑奴酋, 使不敢輕進。又分遊擊周應乾, 前往柳河[20]地方設守, 遇他哨卒數百, 也被周應乾砍了三個,

---

12 設險(설험): 요충지에 방어 시설을 함.

13 句竿(구간): 鉤竿. 창날의 양 끝에 날이 있는 창.

14 陸續(육속): 끊임없이. 잇따라.

15 王撫(왕무): 巡撫 王化貞을 가리킴. 王化貞(?~1632)은 명나라 말기의 장군. 문과에 급제하여 進士가 되어 戶部 主事와 右參議 등을 역임하였다. 1621년 遼東巡撫로 임명되어 廣寧의 방위를 맡았다. 1622년 누르하치가 직접 군대를 이끌고 遼河를 건너 西平堡를 공격해 오자, 왕화정은 孫得功과 祖大壽, 祁秉忠, 劉渠 등의 장수들을 이끌고 후금의 군대를 공격하였다. 하지만 平陽橋(지금의 遼寧 大虎山 일대)에서 벌어진 전투에서 明軍은 거의 전멸에 가까운 큰 패배를 당했다. 손득공과 조대수는 도주하였고, 기병충과 유거는 전사하였다. 毛文龍의 후방 공격 약속은 지켜지지 않았으며, 內應을 약속했던 李永芳은 오히려 후금이 廣寧(지금의 遼寧 北鎮)을 손쉽게 점령하도록 도왔다. 자신의 반대를 무릅쓰고 後金을 공격하였다가 전군이 몰살당하는 왕화정의 패배로 熊廷弼은 廣寧을 중심으로 한 요동 방어선을 포기하고 山海關으로 明軍을 퇴각시킬 수밖에 없었다.

16 三岔河(삼차하): 백두산의 천지에서 발원하여 북서쪽으로 흘러오는 길림성 북서단에 있는 강.

17 屯札(둔찰): 屯扎. 屯紮. 주둔함.

18 鮑承先(포승선, ?~1645): 명나라 副將이었지만 1622년 후금에 투항하여 그대로 副將이 된 인물.

19 大黑山(대흑산): 遼寧省 金州에 있는 산. 大赫山, 大和尚山이라고도 불린다.

20 柳河(유하): 중국 阜新市 북쪽의 작은 산에서 厚很河가 발원하여 북쪽을 향하고 서쪽에서 들어오는 新開河가 합류해서 나가는 강을 이름.

捉了七個。奴酋大兵, 竟屯海州不動。

直至正月中, 他有了內應, 竟自分兵三路, 一支走柳河, 一(支)走三岔河, 一(支)走黃泥窪[21]。都在上流, 把大木頭連成排, 上放沙泥, 彼此相綰, 順流而下, 到狹處聯定過河, 直攻西平堡。守堡參將羅一貴[22], 是關西人氏, 英雄無敵, 向日熊經略[23]知他勇猛, 也曾幾次咨取。今守西平, 城中有七千敢戰兵馬, 得知奴酋入境, 一面飛報到遼陽, 一面分付將堡門牢閉, 旌旗放倒, 止于垜口[24], 布滿强弓勁弩, 幷火器, 以待奴兵。果然奴兵殺至, 見城上並沒旌旗, 道是堡中想已逃去, 一齊放馬趕來。到得城邊, 一聲砲響, 旌旗齊起, 弓弩火器亂發, 把這些奴兵打得尸橫滿地, 血流成川。羅參將又大開堡門, 自己一騎馬・一捍刀[25], 帶領精兵五百, 一齊沖出。趕殺約有五里, 遙見奴酋大軍已至, 羅參將收兵, 奴兵已折却二千餘人。

奴酋因問李永芳:"這守將是甚人, 這等勇猛?"李永芳道:"前探知是個羅一貴, 是個中國猛將。"奴酋道:"你可領兵攻打, 乘便可招他來用。"李永芳就督兵前來, 意思道:"人不到危急, 不肯投降。"先把堡子團團圍定, 攻打了一日, 羅參將多方備禦, 不能打破, 奴兵被火器傷了許多。李永芳設計, 乘着夜間, 架了十座雲梯, 下用滾木[26], 上邊擺滿了精兵, 遠遠推向城邊上城。不期將已到城, 忽然城垜[27]飛出許多鐵丫, 把雲梯撐住, 不得近

---

21 黃泥窪(황니와): 黃泥窪鎮. 遼陽縣 서쪽에 위치해 있다.

22 羅一貴(나일귀, ?~1622): 명나라 甘州衛人. 天啓 초에 參將으로 平西堡를 지켰다. 遼陽이 함락되자 평서가 抗淸의 요충지가 되었는데, 전력을 다해 적의 진군을 막았다. 副總兵이 더해졌다. 청나라 군대가 공격하자 중상을 입은 상태에서 화살마저 바닥이 나자 자살했다.

23 熊經略(웅경략): 熊廷弼(1569~1625)을 가리킴. 중국 명나라 말기의 장군. 자는 飛百, 호는 芝岡, 시호는 襄愍公. 遼東經略으로서 후금에 맞서 요동의 방위에 공을 세웠다. 그러나 1622년 王化貞이 그의 전략을 무시하고 후금을 공격하였다가 크게 패하자 廣寧을 포기하고 山海關으로 퇴각하였으며, 그 책임을 뒤집어쓰고 1625년 억울하게 처형되었다.

24 垜口(타구): 성벽・요새의 성가퀴에서 '凹'형으로 된 부분.

25 捍刀(한도): 大捍刀. 자루가 짧은 강철 칼. 둥그런 큰 칼날을 갖추고 있어 쪼개고 찍기에 도움이 된다.

26 滾木(곤목): 전쟁할 때 성벽에서 던져 아래로 굴리는 통나무.

城。要退時, 城上又飛出許多撓鈎[28], 把梯搭住[29], 不得退步, 裡面又把箭
與火器對着雲梯放來, 梯上人跑不及, 不是射死打死, 便是跌死。亂了一
夜, 又不能取勝, 延到次早, 李永芳自騎着匹馬, 打着兩面招降旗, 圍繞了
些勇猛達子[30], 向敵樓[31]叫羅將軍答話。羅參將便倚着城樓見他。李永芳
道:"羅將軍, 我兵一路[32]來, 無軍不敗無城不破, 你這西平, 比得遼陽麼?
不如開門相見, 我保你做一介鎮守廣寧大總兵, 何苦兩邊殺傷人馬!"羅參
將便大罵道:"叛賊! 你豈不知羅一貴是好漢? 我肯降你麼!"言罷, 颼地一
箭, 竟望李永芳射來, 李永芳一閃, 把他一個家丁早已射死。(李)永芳大
怒, 喝叫攻城, 奴兵四面蜂擁攻打。那羅參將全不怕, 也堅[33]起一面招降
旗, 一陣火器, 把這些奴兵打得退了四五十步。永芳大惱, 砍了幾個先退
的, 又催上來, 攻打半日, 又被火器打傷。

　兩下苦苦相持, 待要退去, 却夷兵來報, 道廣寧有兵馬殺來。奴酋便與
李永芳計議:"若退兵去, 他城中與救兵一齊來, 前臨三岔河, 一時退不
迭。不如留兵數千, 困住西平, 若大兵與救兵相殺, 殺退救兵, 西平孤城,
不怕不下。"兩人計議, 恰又有人下書與李永芳, 叫他韃兵戰, 時單攻中路,
可以取勝。李永芳說與奴酋, 留兵攻打, 兩個合兵, 前來迎敵, 就攻廣寧。

　遠遠望見南兵已是渡沙嶺[34]來了, 前部[35]先鋒, 是王撫標下將官孫得
功[36]・黃進, 後邊兩個大將, 是總兵祁秉忠[37]・劉渠[38]。塵頭相向, 約莫有半

---

27 城垛(성타): 城堞. 성 위에 낮게 쌓은 담. 여기에 몸을 숨기고 적을 감시하거나 공격하
거나 한다.

28 撓鈎(요구): 갈고리.

29 搭住(탑주): 걸쳐놓음.

30 達子(달자): 韃子의 오기.

31 敵樓(적루): 적의 정세를 살피기 위한 성벽의 望樓.

32 一路(일로): 함께.

33 堅(견): 진지에 세움.

34 沙嶺(사령): 奉天府 瀋陽에 있는, 모래로 이루어진 산.

35 前部(전부): 南部를 달리 이르는 말. 後部는 北部, 左部는 東部, 右部는 西部, 內部는
黃部라 한다.

里遠, 這兩個總兵見了, 分付火器官, 快發火器。這一陣烟, 遮得彼此不相見。孫得功・黃進, 趁這勢, 把馬一帶[39], 帶向側邊, 一個閃在左, 一個閃在右, 道: "讓劉爺・祁爺上先。"這祁總兵便帶着將, 催促軍士, 劉總兵也持着刀, 督將士砍將上去。兩邊大殺, 可有一箇時辰[40]。

　馬蹴塵生, 刀翻雪卷。轟轟鼉鼓[41], 似動春雷; 擾擾軍聲, 如崩太岳。箭起處, 弓開夜月[42]; 鎗明處, 刀露秋霜。半空飛血雨, 飄揚瀝壯士之肝腸; 遍野倒身尸, 顛倒碎英雄之俠骨。正是:

　　各抱忠君志, 齊懷殄敵心。
　　誰知旗轍靡[43], 鬼火滿山陰。

　這兩總兵與奴酋正戰得酣, 兩邊都有殺傷, 都不肯退。若使孫得功與黃

---

36 孫得功(손득공): 명나라 말기의 장수. 遼西로 접어든 누르하치는 일부러 공격하지 않고 전초인 西平을 공격해 서평을 지키던 羅一貴를 전사시키고 3천 명의 병사도 아울러 전사시켰다. 王化貞은 손득공의 조언에 따라 3만 군대를 그에게 주어 서평을 구원토록 하라고 했는데, 정작 손득공은 누르하치의 군대를 만나자마자 제대로 싸우지도 않은 채 투항하고 말았다. 사실 손득공은 이미 누르하치에게 넘어가버린 인물이었던 것이다.
37 祁秉忠(기병충, ?~1622): 명나라 말기의 관원. 1591년 襲西寧指揮同知, 나중에 군공으로 洪水遊擊이 되었고, 西寧鎮海遊擊으로 옮겼고, 甘肅參將으로 승진되었다. 1616년 永昌衛參將이 되어 河西를 방어하였다. 그 후로 涼州副總兵, 甘肅總兵官이 되었다가 1622년 요동 전투에서 전사하였다.
38 劉渠(유거, ?~1622): 鎮武營 總兵官. 1622년 요동 전투에서 전사하였다.
39 馬一帶(마일대): 馬帶. 뱃대끈이라는 뜻으로, 말을 일컫는 말로 쓰임.
40 時辰(시진): 하루를 12時辰으로 나누었으니, 지금의 2시간에 해당함.
41 鼉鼓(타고): 악어가죽으로 만든 북.
42 弓開夜月(궁개야월): 보름달처럼 팽팽하게 당겨진 활을 묘사한 것. 명나라 王洪의 〈送胡學士屬從北征〉에 "검은 높은 구름을 베고, 활은 밝은 가을 달을 연다.(劍劃浮雲高, 弓開秋月明.)"고 하였으며, 李白의 〈送白利從金吾董將軍西征〉에 "검은 구름의 기운을 가르고, 활은 명월의 빛을 당긴다.(劍決浮雲氣, 弓彎明月輝.)"고 하였다.
43 旗轍靡(기철미): 轍亂旗靡. 수레바퀴 자국이 어지럽고 깃발이 넘어짐. 군대가 패주한 모양을 일컫는 말이다.

進做兩支奇兵, 從側殺入, 也可取勝。誰知那兩個將官, 奴酋未渡河時已遣人約降, 要獻廣寧城, 這番正要賣陣⁴⁴。孫得功先帶了馬, 喊一聲道: "兵敗了, 兵敗了!" 轉身便跑。黃進也是這樣喊, 兩個領本部先走。這兩個總兵部下人馬聽了, 也捉脚不定亂跑。奴兵乘勢一湧過來, 把那些鏟頭箭亂發, 祁總兵一箭早已射中了咽喉, 死在戰場之上。

　　岩岩瘦骨⁴⁵不勝衣⁴⁶, 報國寧辭身力微。
　　碎首⁴⁷沙場⁴⁸君莫笑, 九原⁴⁹應自喜全歸。

　劉總兵見祁總兵落馬, 正伸手來扶, 不期部下兵倒沖回來, 把劉總兵一沖, 也跌下馬。劉總兵料道⁵⁰不好, 忙對牽馬家丁劉亮道: "快回去報與夫人, 好看我八十歲老母, 我顧國顧不得家了!" 言罷了, 也不復上馬, 還持刀砍殺去, 却被一陣韃馬捲來, 劉總兵早不見了。

　　也戀高堂⁵¹有老親, 臨危難忘主恩⁵²頻。

---

44 賣陣(매진): 적에게 매수돼 일부러 싸움을 짐.
45 岩岩瘦骨(암암수골): 수척한 모양.
46 不勝衣(불승의): 몸이 매우 허약하여 입은 옷의 무게를 이기지 못함을 뜻함.《荀子》〈非相〉의 "섭공자고는 몸집이 작고 말라서 걸을 때는 그의 옷도 이기지 못할듯했다.(葉公子高微小短瘠, 行若將不勝其衣。)"고 한 말이 나온다.
47 碎首(쇄수): 머리가 부서짐. 죽음을 무릅쓰고 諫하는 정신이나 행위를 형용하는 말이다. 百里奚를 천거했는데도 秦穆公이 등용하지 않자 대문에 머리를 부수고 죽은 禽息의 고사에서 나왔다.
48 沙場(사장): 모래벌판. 전쟁터의 뜻으로 많이 사용된다.
49 九原(구원): 사람이 죽은 뒤 그 영혼이 가서 산다는 세상.
50 料道(요도): 추측함.
51 高堂(고당): 남의 집을 높여서 부르는 말.
52 主恩(주은): 부모의 은혜.《孟子》〈公孫丑章句 下〉의 "안에서는 어버이와 자식 사이가, 밖에서는 임금과 신하 사이가 사람에게 있어 큰 도리이다. 어버이와 자식 사이는 은혜를 중요하게 여기고, 임금과 신하 사이는 공경함을 중요하게 여긴다.(內則父子, 外則君臣, 人之大倫也. 父子主恩, 君臣主敬。)"는 말이 있다.

倚門[53]莫洒思兒淚, 報國由來不計身。

　兩總兵部下, 三停[54]折去二停, 這孫·黃二人, 反一路搶掠, 道: "哈赤[55]大兵來了!" 驚得沿途百姓, 無不逃生, 早把一個廣寧城振動。這邊羅參將見西北塵頭大起, 知是救兵到了, 分付部下: "只待救兵來時, 一齊殺出, 裡外夾攻, 砍完這些韃奴!" 只見起了幾個時辰塵頭已息, 城下又來了些韃子, 都提着南兵首級來招降, 羅參將道: "罷了, 救兵想已敗了!" 忙問城中還有多少火藥, 軍士答應道: "不上十餘斤." 羅參將道: "如此怎生退得奴兵!" 部下千總冉富道: "救兵不至, 便失守, 罪不在我。不若且殺出城, 奔到廣寧, 計大兵來復城." 羅參將道: "守將當與城同存亡!" 想了一想, 便向北拜上兩拜, 道: "臣力竭矣, 斷不偸生負國!" 拔腰下刀, 向喉間一刎。左右忙來奪時, 他勒得猛, 咽喉已斷, 血如泉流, 早已死了。

　羞屈窮廬[56]膝[57], 寧爲刎頸人。

---

53 倚門(의문): 倚門而望. 문에 기대어 기다린다는 뜻으로, 어머니가 자식이 돌아오기를 초조하게 기다림을 이르는 말.

54 停(정): 몫. 인원수.

55 哈赤(합적): 누르하치(Nurhachi, 奴爾哈齊(또는 奴兒哈赤), 1559~1626). 여진을 통일하고 1616년 후금을 세워 칸(汗)으로 즉위하였으며, 명나라와의 크고 작은 전쟁에서 여러 번 대승을 거두어 청나라 건국의 초석을 다졌다. 그가 병사한 후 아들 홍타이지가 국호를 대청으로 고치고 청나라 제국을 선포했다. 조선에서 누르하치를 奴酋로 슈르하치(Šurgaci, 舒爾哈齊(또는 速兒哈赤), 1564~1611)를 小酋로 불러 두 사람에게 추장이라는 칭호를 붙인 셈이다.

56 窮廬(궁려): 가난한 사람이 사는 궁색한 오두막을 가리킴. 삼국시대 蜀나라 諸葛亮의 〈戒子書〉의 "나이는 세월과 함께 들어가고 뜻은 해와 함께 사라져가서 마침내 그대로 시들게 되면, 초라한 오두막에서 슬피 탄식한들 장차 무슨 소용이 있겠는가.(年與時馳, 意與歲去, 遂成枯落, 悲歎窮廬, 將復何及也?)"에서 나오는 말이다.

57 窮廬膝(궁여슬): 躬耕抱膝. 뜻을 얻지 못하고 초야에 묻혀 울울하게 사는 것. 《三國志》〈蜀書·諸葛亮傳〉에 "제갈량은 몸소 밭을 갈며 '梁父吟'을 잘하였다."라고 하였다. 이 구절에 대한 裴松之의 주석에, 魏나라 魚豢의 《魏略》에 있는 구절을 인용하여 "매일 조석으로 고요하고 한가롭게, 언제나 무릎을 안고 길게 읊조렸다.(每晨夕從容, 常抱膝長嘯.)"라고 하였다.

忠魂難再返, 意氣久猶新。

城中無主, 火器俱無, 賊兵駕雲梯薄城而上。這些部下, 感羅參將忠義, 也沒個肯降, 或在城上, 或在市上, 無不捨命相殺。雖被奴兵殺得一個不留, 却也將奴兵殺去許多。

挾纊[58]蒙恩厚, 捐軀慕義深。
重泉願相逐, 酬國有同心。

奴酋因怪各兵死戰, 傷賊甚多, 將一堡百姓, 不分男女老少, 盡行屠戮, 雞犬一空, 然後復隨着奴酋大軍, 共取廣寧。

此時奴酋聞得熊經略自右屯發兵來救, 虎憨[59]有兵, 在鎭靜關[60]屯札, 劉渠雖敗, 廣寧還有大兵, 怕是孫得功詐降, 誘他深入, 把大兵在沙嶺屯札, 止差數十箇遊騎[61]前來哨探, 以決去取。只不知這倡議戰的王巡撫, 也能出一兩個兵來戰, 專言守的熊經略, 也能助得王撫固守廣寧麼? 怕是:

重關難把丸泥[62]塞, 變起蕭墻[63]不可支。

---

58 挾纊(협광): 솜을 옷에 꺼입어 따뜻해졌음을 나타내는 말. 임금의 깊은 은혜를 비유한 말이다.
59 虎憨(호감): 虎墩兎憨. 몽골의 39대 릭단 칸(林丹汗, Ligdan Khan, 1592~1634)이 1618년 불교를 장려하여 차하르를 몽골의 불교 중심지로 만들고 자신을 종교적 지도자로 부른 호칭 호토쿠트(呼圖克圖, Hutukutu)를 명나라가 번역한 말.
60 鎭靜關(진정관): 廣寧 鎭靜堡를 가리킴. 진정보에 鎭遠關이 있다. 寧夏回族 자치구 북쪽 끝인 石嘴山市 平羅縣 서북 약 40km에 위치해 있음. 명나라 장성 九鎭 중 寧夏鎭의 중요한 요새의 하나이다.
61 遊騎(유기): 기마 유격병.
62 丸泥(환니): 難攻不落의 요새를 가리키는 말. 後漢 隗囂의 副將인 王元이 "내가 하나의 흙덩어리를 가지고 대왕을 위해 함곡관의 틈새를 막아 버리겠다.(元請以一丸泥, 爲大王東封函谷關。)"라고 한데서 나오는 말이다.
63 蕭墻(소장): 본채가 쉽게 보이지 않도록 대문 안쪽에 설치한 가림벽. 여기서는 내부를

河西之役, 以戰爲守, 當以兵邀奴于半渡, 亦可以逞。以守待戰, 宜以重
兵頓廣寧, 乞援于熊經略。更俟西虜之至, 以觀用虜之效。乃俟虜已渡河,
狼狽[64]遣將, 則軍敗而城中卒以動搖, 不幾戰守兩無據哉! 惜已。

嘗揆之, 楊經略[65]一迂疎[66](流)老子, 王巡撫一孟浪書生, 所以俱敗事。

가리키는 말로 쓰였다.

64 狼狽(낭패): 狼은 앞다리가 길고 뒷다리가 짧고 狽는 앞다리가 짧고 뒷다리가 길어
그 두 짐승이 나란히 걷다가 서로 떨어지면 넘어지게 되므로 당황함을 나타내는 말. 도중
에 실패하는 것이나 일이 뜻대로 되지 않아 몹시 딱한 형편을 의미한다.

65 楊經略(양경략): 楊鎬(?~1629)를 가리킴. 명나라 말기의 장군이다. 1597년 정유재란
때 經略朝鮮軍務使가 되어 참전했다. 다음 해 울산에서 벌어진 島山城 전투에서 크게 패
해 병사 2만을 잃었다. 이를 승리로 보고했다가 탄로나 거의 죽을 뻔했다가 대신들의 도
움으로 목숨을 구하고 파직되었다. 1610년 遼東을 선무하는 일로 재기했지만 곧 사직하고
돌아갔다. 1618년 조정에서 그가 요동 방면의 지리를 잘 안다고 하여 兵部左侍郎 겸 僉都
御史로 임명해 요동을 경략하게 했다. 다음 해 四路의 군사들을 이끌고 後金을 공격했지
만 대패하고, 杜松과 馬林, 劉綎 등의 三路가 함락되고, 겨우 李如栢의 군대만 남아 귀환
했다. 그는 투옥되어 사형 선고를 받고 1629년 처형되었다.

66 迂疎(우소): 迂闊. 사리에 어둡고 물정을 잘 모름.

第十三回 廣寧城叛將降奴 松山堡監軍死義

疆場[1]事口兵[2], 戰守論縱橫。
識短議多癖, 心雄氣自生。
解衣嗟助鬪, 膠柱[3]笑調箏[4]。
國難誰爲拯, 胡塵豈易淸。
瓜分[5]憐土宇[6], 草菅[7]惜黎氓。
無復徵(征)輸息, 還勤宵旰[8]營。
請纓[9]羞浪許, 覆餗[10]愧虛聲。
回首河西[11]地, 捫心恨未平。

---

1 疆場(강장): 戰場. 싸움터.
2 口兵(구병): 입을 무기로 삼음. 말로 사람을 해치는 것을 비유하는 말이다.
3 膠柱(교주): 膠柱鼓瑟. 기러기발을 아교로 붙여놓고 비파를 탐. 고지식하여 조금도 융통성이 없음을 이르는 말이다.《文子》의 "어느 한 시기의 낡은 규정을 기준으로 후대의 생활방식을 비판한다면 거문고에 아교를 붙여 연주하는 격이다.(執一世之法籍 以非傳代之俗 譬猶膠柱調瑟.)"라는 말이 나온다.
4 調箏(조쟁): 쟁을 켬. 箏은 현악기이며 나무로 만들었고 장방형이다.
5 瓜分(과분): (박을 쪼개듯이) 분할함. 나라의 영토가 분열됨을 이르는 말이다.
6 土宇(토우): 하늘 아래. 나라.
7 草菅(초관): 풀과 띠를 아울러 일컫는 말. 깔보다 또는 업신여기다를 비유적으로 이르는 말이다.
8 宵旰(소한): 宵衣旰食. 날이 새기 전에 일어나 옷을 입고, 해가 진 후에 늦게 저녁을 먹음. 천자가 부지런히 정사에 힘쓴다는 말이다.
9 請纓(청영): 결박할 밧줄을 청한다는 말. 스스로 전쟁터에 나가 적을 격파하고 나라의 은혜에 보답하겠다는 뜻이다. 漢나라 諫議大夫 終軍이 南越에 사신으로 나가기를 자청하면서, 긴 밧줄[長纓] 하나만 주면 남월 왕을 묶어서 闕下에 바치겠다고 한 고사가 있다.
10 覆餗(복속): 折足覆餗. 지식이 얕고 능력이 부족한 사람이 책임이 막중한 정승의 직책을 맡으면 나랏일을 크게 그르친다는 뜻으로서, 이는 마치 솥의 발이 부러져 솥 속에 있던 내용물이 모두 쏟아져 버리는 것과 같다는 것이다.
11 河西(하서): 三汊河의 서쪽. 곧 西平堡, 鎭武堡, 廣寧城.

做官的處事, 不可雷同¹², 隨人脚跟¹³; 更不可不和衷¹⁴, 各生意見。初時
偶然各見一是非, 後來畢竟要是其所非, 非其所是。加以固執之意氣, 又
佐以黨護之友朋, 如冰炭之不可合, 如水火之必相制。 却不知我所爭者,
恐誤國事, 奈何反至因爭而誤國乎! 毛遊擊鎮江一事, 王巡撫靠他做恢復
張本, 也未必然; 熊經略道他破壞三方節制, 却也過刻。兩邊爭功爭罪, 竟
至不合, 把這一段滅賊機鋒¹⁵意氣, 都移奏疏口角¹⁶上, 人又不無左祖¹⁷。
江侍御¹⁸有言: "不從戰守起議, 從化貞廷弼起議。" 又曰: "非經·撫不合,
乃好惡經·撫者不合也; 非經·撫不合, 左右經·撫者不合也。"¹⁹ 當事者不
悟, 而旁佐者又不悟, 至于壞事, 豈不可惜。

　奴酋既陷了西平堡, 把大兵屯在沙嶺。此時王撫因孫得功等回, 已得劉
渠敗報, 忙着人催熊經略督兵救援, 着人催西虜助陣, 把城中戰守事務, 委
江朝棟·孫得功一干管理。到得二十二日, 只聽得城中亂傳: "奴酋兵二十

---

12 雷同(뇌동): 맞장구를 침. 참고로 附和雷同은 우레 소리에 맞춰 함께한다는 뜻으로, 자신의 뚜렷한 소신 없이 그저 남이 하는 대로 따라가는 것을 의미한다.
13 脚跟(각근): 입장. 행적.
14 和衷(화충): 마음을 합침.
15 機鋒(기봉): 사물을 대할 적의 예민한 활용을 일컫는 말. 機는 수행에 따라 얻은 心機, 鋒은 심기의 활용이 날카로운 모양이다. 따라서 機鋒意氣는 서슬이 퍼런 뜻과 기개를 뜻한다.
16 口角(구각): 입씨름. 말다툼.
17 左祖(좌단): 한편만 도움. 편듦.
18 江侍御(강시어): 江秉謙(?~1625)을 가리킴. 명나라 말기의 관원. 자는 兆豫. 1610년 進士가 되어 鄞縣知縣에 임명되었다. 청렴하고 유능하여, 부름을 받아 御史가 되었다. 1621년 君臣이 사욕을 버리고 공익을 위해 봉사해야 하는 도리를 논하면서 熊廷弼이 위험한 적으로부터 나라를 잘 지킨 공을 칭송했다. 나중에 魏忠賢의 눈 밖에 나서 貶謫된 뒤로 집에 머물면서 울분 속에 지내다가 죽었다.
19 非經撫不合~左右經撫者不合也(비경무불합~좌우경무자불합야): 趙翼이 1795에 편찬한 《二十二史箚記》에 "강병겸이 말하기를, '오늘의 사태는 경략과 순무가 불화하지 않더라도 결국 경략과 순무를 좋아하는 사람이든 미워하는 사람이든 불화하고 말 것이며, 싸우거나 지키자는 의견이 불화하지 않더라도 경략과 순무의 측근들의 의견이 불화하고 말 것이다.(江秉謙謂: '今日之事, 非經撫不和, 乃好惡經撫者不和也 ; 非戰守之議不合, 乃左右經撫者之議不合也.')"에서 나오는 말.

萬, 已過沙嶺, 離城不上一二里, 已到了, 快些迎接, 可以免死." 江朝棟與
高監軍[20]忙來彈壓, 如何彈壓得住! 早已見孫得功領着家丁, 來至火藥庫,
正值各軍關領[21]火藥, 上城裝放, 俱被奪下, 將來封了。 其餘兵器糧餉各
庫, 黃進又已分投[22]封住, 着人看守。 城中百姓, 無不挈子攜妻, 抛家棄業,
擁住西門, 各思逃命。 正是:

擾擾避干戈, 爭先似逝波[23]。
呼親悲幼子, 失侶泣嬌娥。
車折爭先軸, 人騎失轡驟。
急行無緩步, 獨自嘆蹉跎。

六街三市[24], 正自挨擠[25]不前。 又是一班亂民, 一時尋不出剃頭[26]待詔[27],
把頭髮剪做光光的, 在街上攔阻道: "一應[28]婦女金帛, 都要留下, 犒賞[29]韃
兵!" 恣意搶掠, 不容行路。 一班貪生怕死的無恥鄉紳[30], 穿了素衣角帶[31],
秀才[32]着了藍衫頭巾, 率了些無賴軍兵, 都鬧烘烘[33]擡着龍亭[34], 要出迎接,

---

20 高監軍(고감군): 高邦佐(?~1622)를 가리킴. 1622년에 그는 王化貞과 함께 廣寧을 나
누어 지켰는데, 후금이 광녕을 공격하자 왕화정은 성을 버리고 도주하였으나 고방좌는
차마 그렇게 하지 못하고 목을 매어 죽었다.
21 關領(관령): 나라의 금품 따위를 받음.
22 分投(분투): 分頭. 제각기. 각각. 따로따로.
23 逝波(서파): 흘러가면 돌아오지 못하는 물결. 逝川이라고도 하는데, 때에 따라서는
흐르는 물 또는 생겼다가 사라지는 파도에 빗댄 말이다.
24 六街三市(육가삼시): 옛날 도시나 큰 고을의 가장 크게 번화한 곳을 일컫는 말.
25 挨擠(애제): 밀고 당기고 함. 밀치락달치락함.
26 剃頭(체두): 머리를 깎음.
27 待詔(대조): 관명. 한림원에 속해 문서 대조를 관장하였다.
28 一應(일응): 일단, 우선. 모든.
29 犒賞(호상): 군사들에게 음식을 차려 먹이고 상을 주어 위로함.
30 鄕紳(향신): 고을에서 교양과 덕망이 높은 사람을 이르는 말.
31 角帶(각대): 짐승의 뿔로 장식하여 만든 띠로, 백관의 官服에 두르던 띠의 총칭.
32 秀才(수재): 州나 郡에서 뽑아 入朝케 한 才學이 뛰어난 사람을 가리키는 말.

還不知跪好, 打躬³⁵好, 越發塡住街衢。

　江朝棟看了, 道: "這事決撒了!" 忙匹馬趕到軍門來。 轅門³⁶已是大開, 自轅門至堂上, 逃得無一人, 私衙³⁷尙是封着。 他一脚踢下門廳³⁸, 竟奔臥房。 只見王撫猶³⁹自拿着一紙書, 癡癡地⁴⁰看, 猛回頭, 見江朝棟趕來, 吃了一驚, 大惱道: "你不去守城, 來此做甚?" 江朝棟道: "還說守城, 城中民變, 開門降賊, 要縛你去獻功! 事急了, 快走, 快走!" 不待王撫回言, 拉了出衙。　急尋馬時,　外邊有一群伺候⁴¹騎出入的馬, 衙門中人已先騎了逃去。 幸有一將官差人送馬七匹·駱駝二隻, 正等王撫坐堂⁴²解進。 江朝棟忙牽來, 扶王撫上馬。 衙中家人在房中撿得四箇箱子, 裝上駱駝, 衆家人搶先的, 也得匹馬騎, 落後的, 也只得步行。 趕至城門, 又遇一起⁴³亂民, 攔住城門, 搶劫百姓, 不能行走。 王撫從人⁴⁴吆喝道: "都爺⁴⁵來, 要他讓路!" 不期一箇亂民道: "是都爺, 正要拿去請功!" 就劈臉⁴⁶一棒打來, 一箇家人來救時, 王撫不傷, 這家人打得血流滿面。 四箇箱子, 亂民道: "要留着進貢韃王。" 都被奪下。 王撫道: "是書札, 別無他物。" 衆人打開一箱, 果是些書, 不肯還他, 將來亂撒。 簇簇擁擁, 你要縛, 我要拿, 正解拆不開。

33　鬧烘烘(요홍홍): 떠들썩함. 소란스러움.

34　龍亭(용정): 龍牌. 나무로 만든 위패. 그 위에 황제 만세 만만세의 글자를 써서 禮를 행할 때 사용하였다.

35　打躬(타궁): 허리를 굽혀 절함.

36　轅門(원문): 軍營의 문.

37　私衙(사아): 지방의 수령이 거처하는 집.

38　門廳(문청): 현관방.

39　猶自(유자): 여전히.

40　癡癡地(치치지): 멍하니. 우두커니.

41　伺候(사후): 斥候. 적의 형편이나 지형 따위를 정찰하고 탐색함.

42　坐堂(좌당): 공당에 집무를 보러가는 것을 일컫는 말.

43　一起(일기): 한 무리.

44　從人(종인): 하인. 심부름꾼.

45　都爺(도야): 都御史를 가리킴. 따라서 右部都御史 熊廷弼을 지칭하는 것이지만, 여기서는 순무사 왕화정을 지칭했으니 일종의 기만술이었다.

46　劈臉(벽검): 얼굴을 향함. 정면으로. 맞바로.

恰得江朝棟帶了自己幾箇家丁趕到, 見了忙拔刀亂砍, 護得王撫出城。路上又遇遼人數千, 假粧西虜, 沿路邀劫, 虧得[47]江朝棟保全, 向閭陽[48]投熊經略。

　其餘各監軍守巡[49], 無不聞風逃出。獨有高監軍邦佐, 正在城上點閱[50]軍士, 聽得城中反亂, 急下城來。迎着一班秀才, 簇擁龍亭前去。高監軍道: "諸生讀書, 豈不(知)大義, 如何作此行止?" 只見衆生道: "老大人, 性命[51]干係, 說不得[52]這王道[53]話。" 一齊欣欣去了。高監軍大聲斥罵, 忙策馬去見撫臺[54]。却遇孫得功, 正封倉庫回來, 撞着道: "高先生, 一同去迎接老憨[55]何如?" 高監軍紅了臉, 道: "孫得功, 莫說國家深恩, 王撫臺待你也不薄, 仔麼不把這等意氣去殺賊, 却去降賊!" 把鞭稍[56]指着道: "眞狗彘不如!" 孫得功笑道: "不如狗彘的, 也不止我們一人。" 部下見高監軍阻他高興[57], 待要[58]殺害, 得孫得功搖手止住, 他自躍馬去了。來到轅門, 聽得撫臺已去, 各道將已相繼出城, 只得回衙, 帶了兩箇家人高厚・高永, 也望閭陽進發。

　行到松山一路, 想道: '朝廷命我監軍, 監的是敗亡之軍, 叛亂之軍。況在廣寧, 賊兵未至, 先自潰散, 說甚官守, 說甚臣節, 有何顏對朝廷, 對父母?' 傍晚歇宿, 忽叫兩箇家人道: "我受國恩, 不惜一死。但你二人, 好收

---

47 虧得(휴득): 다행히.

48 閭陽(여양): 滿洲 遼寧省 北鎭縣에 있던 지명.

49 守巡(수순): 守巡官. 明의 행정단위인 道는 分守道와 分巡道, 그리고 兵備道로 나누는데, 이에 속한 관원을 말한다.

50 點閱(점갑): 査點. 점검함. 점고함.

51 性命(성명): 생명. 목숨.

52 說不得(설부득): 말해서는 안 됨. 말로 표현할 수 없음.

53 王道(왕도): 지독함. 가혹함. 세참.

54 撫臺(무대): 巡撫의 별칭.

55 老憨(노감): 虎憨의 오기.

56 稍(초): 梢의 오기.

57 高興(고흥): 기쁨. 유쾌함.

58 待要(대요): 막 하려고 함.

我骸骨, 去見我母親。我尸骸葬在我父墳側, 使知有死事之兒, 不絕[59]也。"
高永聽罷, 大哭道: "太夫人在家, 日日望爺衣錦還鄉[60], 仔麼定要死節, 不
圖回家一見?" 高監軍道: "我也知我母年已八十四歲, 一子尙未長成, 但
義不可生耳。" 高厚又哭道: "老爺, 如今巡撫‧各道, 那一箇不回, 老爺何
必如此!" 高監軍道: "這各行其志, 你兩箇再勿纏, 亂我方寸[61]。" 因叫燒湯
沐浴, 仍舊着了冠帶, 寫一紙書道:「男受國恩, 無能爲國固圉, 一死猶未贖
罪。獨念高堂垂白, 不能奉侍, 當作九泉之恨。然忠孝不全, 母亦諒之, 忠
孝傳家, 母之所訓, 母之所樂聞也。杳杳遊魂, 知回遶於膝下。」

　付書將待自縊, 兩箇家人又扯住不放, 高監軍大惱道: "你要我死在牢
獄, 死在市曹[62]麼!" 將兩人驅出房來。西向拜辭了君親, 隨卽懸樑自縊。

　　　高堂白髮也縈情, 委贄[63]如何敢愛生。
　　　客舍英魂疑未散, 飄飄遠逐白雲行。

　高永與高厚在房外, 相對哭了半餉[64], 不聞聲息, 知是已死。啓門而入,
見他氣已斷, 顏色怡然。兩箇又抱了大哭一場, 百計尋得棺槨, 收斂了。
那高永又對高厚說: "老爺在日, 待我甚厚。我不忍主人獨死, 無人使令。
但老爺棺木, 切須帶回, 切勿有負主人!" 也自縊而死。

59　不絕(부절): 《儀禮》〈旣夕禮〉의 "남자는 부인의 수중에서 숨을 거두지 않으며, 부인은
남자의 수중에서 숨을 거두지 않는다.(男子不絕于婦人之手, 婦人不絕于男子之手。)"고 한
데서 나오는 말.
60　衣錦還鄕(의금환향): 비단옷 입고 고향에 돌아온다는 뜻으로, 출세하여 고향에 돌아
옴을 이르는 말.
61　方寸(방촌): 사방 한 치의 넓이. 사람의 마음을 말할 때 쓰인다.
62　市曹(시조): 刑場.
63　委贄(위지): 예물을 바침. 처음 벼슬하는 사람이 임금에게 예물을 바치는 일을 일컫는
말인데, 여기서는 예를 갖추어 찾아뵙는 뜻으로 쓰였다.
64　半餉(반향): 한 끼 식사할 시간의 반 정도로 짧은 시간을 일컫는 말.

既無負心臣，寧有背主僕。

莫謂奴隷中，忠忱不相若。

　果然高厚只得將高監軍棺木，隨衆向山海關[65]搬回。

　此時山海關是薊鎭王總督[66]鎭守[67]，他聞知廣寧失陷，京師左首險要，止[68]得此關，怕有奸細混入，爲禍不小，竟把關門牢閉不開。廣寧一路逃來百姓兵士，不下數十餘萬，都在關外，要進不得。這些百姓，只是望着關號哭，那干逃兵，身邊還帶有器械，吶喊要行攻關，管關的一發不肯開。嚷亂日餘，關中都防不測。熊經略與王巡撫二人計議道：“目下山海(關)不開，若使軍兵情急，反叛[69]從虜，固是不妙[70]；若使激變攻關，不惟失了一重險隘，倘亂兵[71]沿途持兵劫掠，豈不震驚京師！這須放他入關纔是。”兩箇計議了，熊經略隨帶了家丁，直至關下。這些亂兵，見了熊經略，也不敢胡言[72]了。只是這些百姓，倉皇號哭，沿途悲喚，甚是可憐。熊經略分付：“不許亂動，待我對總督講放關[73]。”竟差人自關外投書入關，乞開關以救百萬

65　山海關(산해관): 중국 河北省 북동쪽 끝, 渤海灣 연안에 있는 도시. 만리장성의 동쪽 끝에 있는 관문으로, 예로부터 군사 요충지이다.

66　王總督(왕총독): 王象乾(1546~1629)을 가리킴. 山東省 濟南府 新城縣 사람. 1571년 進士로 시작하여 1594년 右僉都御史를 역임하고 李化龍을 대신하여 播州 일을 처리하였으며, 砂溪와 銅仁의 여러 묘족을 쳐서 평정하였다. 1612년 兵部尙書가 되고 1613년 吏部의 직무를 겸하였으며, 1614년 당쟁을 피하여 귀향하였다. 1621년 薊遼 總督이 되어 朵顔 여러 부족에게 撫賞 주기를 주장하였다. 1628년 虎墩兎가 山西에 침입하기를 도모하였는데, 그때 王象乾의 나이가 83세였지만 바로 집에서 나와 宣大山西의 軍務를 總督하자 虎墩兎가 이전같이 통제를 받겠다고 하였다. 그는 위급한 일에 잘 대처하였고 담략이 있어 總督과 巡撫를 두루 역임하면서 그 위엄 있는 명성을 九邊에 떨쳤다. 太子太保가 더해졌는데 병으로 집에 돌아와 세상을 떠났다.

67　鎭守(진수): 군대를 주둔시켜 요해처를 지킴.

68　止(지): 守의 오기인 듯.

69　反叛(모반): 모반을 일으킴.

70　不妙(불묘): 심상치 않음.

71　亂兵(난병): 반란군.

72　胡言(호언): 되는대로 말함. 함부로 지껄임.

73　放關(방관): 통과시킴.

生靈, 消不測之禍, 若有奸細, 熊某承當[74]。因傳令各進關兵士, 不許帶有
衣甲器械, 俱要抛棄關外, 方許進關。着從兵在關外札一營備變故, 自己
帶了家丁, 坐在義羅城[75]內彈壓, 這干人, 眞是死中得生, 依着分付, 不敢
攙前捱擠。一連放了三日, 丟下[76]衣甲器械, 堆積成山。待放完之後, 熊經
略分付, 都收入關上庫。不惟全了許多性命, 又得許多軍資。其時王撫與
各道押後, 漸漸都至關中。

奴酋直至二十四日進廣寧, 將城中子女金帛・錢糧器械, 搬運一空。不
惟陷河東, 河西又失一半。

廣寧之陷, 以孫得功。然而奴屯兵沙嶺, 內變而外不應, 能如張遼[77]之在
合肥[78], 待以鎭定, 徐而執之, 猶可以保全。王撫此際, 可云馭變[79]無才。至

---

74 承當(승당): 책임짐.
75 義羅城(의라성): 羅城의 오기인 듯. 안과 밖 이중으로 된 성벽 중에서 바깥쪽 성벽을
뜻함. 곧 산해관의 제1관문을 일컫는다. 이 羅城은 3면에 성벽을 쌓아 본성의 외곽을 감싸
고, 나성의 성벽 위에는 각루 2개와 적루 7개가 있었고, 남쪽 성벽과 북쪽 성벽에도 출입
문이 하나씩 있었으며 해자의 흐름을 위한 수문 2개도 있었다고 한다. 제2관문은 東羅城
인데, 들어가면 이른바 천하제일관이 있어 鎭東門이라고 하니 산해관 안으로 첫발을 내딛
는 문이기도 하고 산해관 밖으로 나갈 수 있는 유일한 문이기도 하다.
76 丟下(주하): 버림. 포기함.
77 張遼(장료): 중국 삼국시대 魏나라의 장수. 漢나라와 魏나라의 무장으로 2차 合肥 전
투에서 7천 명의 군사로 吳나라 孫權의 10만 대군을 물리친 것으로 유명하다. 그의 무예
와 사람됨을 알아본 병주자사 丁原(여포의 양아버지)에 의해 등용되었지만, 정원이 董卓
과 呂布에게 죽임을 당하고 군대마저 편입되자 동탁과 여포를 섬기게 된다. 후에 여포가
죽자 그는 조조에게 항복해 죽을 때까지 위나라의 장수로 활동한다. 장료는 여러 주인을
섬겼지만 최소한 주군이 살아있을 때는 배신하지 않고 끝까지 의리를 지켰던 인물이다.
78 合肥(합비): 중국 安徽省 省都. 張遼가 赤壁大戰 후에 樂進・李典 등과 함께 지키던
곳으로, 孫權이 대군을 거느리고 합비를 공격해오자, 그는 용기 있게 선두에 나서 결사병
을 모집해 적을 격퇴시켰다. 군사를 모두 이끌고 성안으로 들어가 방비를 튼튼히 하니,
대군을 이끌고 온 손권은 성 밖에서 10여 일을 허비하다가 결국 철수할 수밖에 없었는데,
이를 놓치지 않고 멀리서 합비 동쪽의 逍遙津 다리 앞에서 吳軍이 머뭇거리는 것을 보고
서 군사를 이끌어 뒤를 추격했다. 강녕과 여몽 등이 사력을 다해 장료군을 막는 사이,
능통이 손권을 부축해 포위를 빠져나갈 수 있었다. 거의 손권을 잡을 뻔했으니 강남에
장료의 위엄을 크게 떨쳤던 전투이다.
79 馭變(차변): 변화에 대처함. 변란을 처치함.

軍民逃竄, 勢已燎原[80], 猶責閭陽, 一旅[81]爲援, 豈非杯水之救[82]! 況重關之
下, 洶洶欲奮, 使其不破虜而破于逃兵, 逃兵旣破關, 不得不發兵禦之, 則
戰在內, 其癱潰更不堪言, 卽死亦何濟乎! 故竊謂芝岡無死法, 其以蟒玉[83]
出大明門, 且與本兵競, 則死機也, 沒世之下, 應有人白其冤.

欲縛王撫之人, 正王撫所用之人. 人之不知, 能知時知勢, 謬云戰乎.
一笑!

---

80 燎原(요원): 화란이 널리 퍼져 진압하기가 어려움을 일컫는 말.

81 一旅(일려): 중국 周나라에서 병사 500명을 이르던 말.

82 杯水之救(배수지구): 杯水救車. 한 잔의 물로 수레에 가득 실린 땔나무에 붙은 불을
끄려 한다는 뜻으로, 능력이 도저히 미치지 않아 불가능함에도 불구하고 어리석은 짓을
한다는 말.

83 蟒玉(망옥): 蟒衣玉帶의 준말. 옛날 고관들의 복식을 말한다. 蟒은 큰 구렁이인데 옷
에 구렁이 문양을 수놓았기 때문에 그렇게 부른다.

第十四回 群賢憂國薦才 奇士東征建節

冥漠[1]鑒忠貞，殊方[2]役五丁[3]。
雄濤開遠塹[4]，疊嶂聳層城[5]。
飛渡隔胡騎，揚舲[6]擁漢旌。
莫輕夜郎[7]小，絕塞[8]可橫行。

　　兵法(云): 先自衛而後攻人[9]。又道: 可守而後可戰。故地利不如人和之
堪憑，天時又不如地利之可據。古來秦得地險，常以函關[10]一面制諸侯，使
不敢仰攻; 吳得水險，常以長江千里屈曹丕[11]，望洋興歎[12]。就是奴酋之逞

1　冥漠(명막): 까마득하게 멀고 넓음. 아득한 저세상을 일컫는 말이다. 朱子가 諸葛亮을
흠모하는 뜻을 담아 읊은 〈臥龍菴武侯祠〉 시에 "抱膝吟을 한번 길게 부르노니, 정신으로
사귐을 아득한 고인에게 부치노라.(抱膝一長吟, 神交付冥漠.)"고 하였다.
2　殊方(수방): 異域.
3　五丁(오정): 전국시대 蜀나라의 뛰어난 力士 다섯 사람을 일컬음. 산을 옮기고 萬鈞을
들 수 있었다고 한다. 전설에 "진 혜왕이 촉나라를 치고자 하였으나 길을 알 수 없으므로,
돌로 다섯 마리의 소를 만들어 그 소 꼬리 밑에 황금을 놓아두고는 소가 금 똥을 눈다고
소문을 퍼뜨리자, 촉왕이 힘을 믿고 오정을 시켜 그 소를 끌어오게 함으로써 길을 내게
되었다.(秦惠王欲伐蜀而不知道, 作五石牛, 以金置尾下, 言能屎金, 蜀王負力, 令五丁引之
成道.)"라고 하였다.
4　塹(참): 天塹. 江河 따위로 이루어진 천연으로 된 요새지. 주로 양자강을 일컫는다.
5　層城(층성): 높은 성. 주로 崑崙山의 가장 높은 지칭을 일컫는다.
6　揚舲(양령): 돛을 올림. 배를 띄움.
7　夜郎(야랑): 漢나라 때 남쪽 야만족. 남조 양나라 丘遲의 〈與陳伯之書〉에 "야랑과 전
지에서 땋은 머리를 풀고 중국의 관직을 청했다.(夜郎滇池, 解辮請職.)"라는 말이 나온다.
8　絕塞(절새): 아주 먼 변방.
9　先自衛而後攻人(선자위이후공인): 먼저 스스로를 보호하고서 그 이후에 다른 사람을
공격함.《書經》〈周書·費誓〉에 나오는 구절이다.
10　函關(함관): 函谷關. 중국 河南省 新安縣 동쪽에 있는 관문. 洛陽의 서쪽에 있으며 험
하기로 유명하여 天下第一險關이라 하였다.

强[13]建州[14], 亦是兩江環流, 一山後擁, 其寨居山頂, 險絶不可攻, 所以得吞
併各夷。若廣寧, 只靠得一條三岔河, 一渡河, 廣寧就不可保。

　當時鎭江復陷, 有人道毛文龍貪功生事, 貽害一城。到廣寧一失, 是經
略巡撫兩箇大臣, 徵召竭天下之兵, 徵輸盡天下之餉, 營造備天下之器械,
不能爲聖上固廣寧; 那不費天子斗糧, 不折天子粒粟, 更不曾聞役天子之
一人一騎, 折天子之片矢隻弓。直探龍穴, 奪驪珠[15]于夢中, 難道這功還不
奇, 這人不足取[16]! 鎭江報捷, 俘獻[17]佟養貞, 已經聖旨陞毛文龍鎭江參將,
王紹勛[18]副總兵策應。經・撫爭他功罪。內閣葉台山[19]上疏道:「國家費數
千萬金錢, 招十餘萬士卒, 未嘗損奴酋之分毫[20]。而文龍以二百人擒斬數

11　曹丕(조비): 魏文帝. 漢나라의 帝位를 빼앗은 뒤에, 吳나라를 삼키려고 출병하여 廣陵
의 故城에서 長江을 굽어보고 군대를 사열하니, 戎卒이 10여만 명이었으며 旌旗가 수백
리에까지 뻗쳤지만, 강을 건너 정벌하고자 했으나 長江의 파도가 세차게 일어나는 것을
보고 탄식하기를, "참으로 하늘이 남북을 한계지어 놓았도다.(固天所以限南北也.)"하고
돌아왔다 한다. 長江은 揚子江을 일컫는다.
12　望洋興歎(망양흥탄): 望洋之歎. 큰 바다를 바라보고 탄식함. 어떤 일에 자신의 능력으
로 미치지 못하여 크게 탄식하는 것을 말한다. 黃河 귀신인 河伯이 끝이 보이지 않는 북쪽
바다에 처음 이르러서 자신의 좁은 소견을 탄식하며 北海 귀신에게 심경을 토로한 데서
온 말이다.
13　逞强(정강): 위세를 부림. 잘난 체함.
14　建州(건주): 建州衛. 명나라 초기에 두만강과 압록강 유역 남만주 일대의 여진을 招撫
하기 위하여 永樂 원년(1403)에 설치한 衛所. 兀良哈의 추장 阿哈出(또는 於虛出)이 영도
하였으며, 영락 3년(1405)에 斡朶里의 童猛哥帖木兒가 입조하여 建州衛都指揮使가 되었
으나, 그 후 建州左衛가 설립되었다. 건주좌위는 동맹가첩목아가 죽은 후에 다시 좌우위
로 분리되어, 건주위는 建州本衛와 建州左衛・建州右衛의 3衛로 되었다.
15　驪珠(여주): 如意珠. 용의 턱 아래에 있다고 전해지는 영묘한 구슬.
16　不足取(부족취): 인정할 것이 못됨. 취할 것이 못됨.
17　俘獻(부헌): 獻俘의 오기.
18　王紹勛(왕소훈): 원전에는 王紹勳과 혼용되고 있음. 역문에서는 王紹勳으로 통일하
며, 이체자에 대해 더 이상 각주하지 않는다.
19　葉台山(섭대산, 1559~1627): 葉臺山. 명나라 말기의 관리. 이름은 向高, 자는 進卿.
1607년 예부상서로 입각했다가 1614년 벼슬에서 물러나 귀향하였다. 1621년 다시 內閣首
輔로 복직되었으나 魏忠賢으로부터 배척당해 1625년 어쩔 수 없이 벼슬을 그만두었다.
20　分毫(분호): 아주 미세함. 극히 적은 분량.

十, 功雖難言, 罪于何有! (有)以爲亂三方布置之局, 則此局何時而定? 以
爲貽遼人殺戮之禍, 則前此遼人之殺戮, 已不勝其慘, 豈盡由文龍!」是非
已是大定。

　　抒赤亦由我, 雌黃[21]且任君。
　　一朝公論定, 麟閣[22]共銘勛。

　　翰林董思白[23]又上疏:「臣聞齊式怒蛙[24], 勇士爭赴; 燕收駿骨[25], 智者輻
輳[26]。以二物之微, 猶有伯王之資地, 況忠義奇杰奮不顧身之士! 一立功于
萬死之場, 搞自于無援之路, 而弃之以快敵, 疑之以資奴, 此行道之所咨
嗟, 愚臣之所扼腕, 而爲國家惜也。

　　臣伏覩奴酋發難[27]以來, 河東世將, 望風投降, 反戈內向[28], 蕩我疆圉, 百

21　雌黃(자황): 雌黃語. 조정에 대해 시시비비를 가리며 비평하는 말. 옛날 누른 종이에
　　글을 쓰고 잘못된 글이 있으면 자황을 칠하여 지우고 다시 그 위에 썼으므로 전하여 字句
　　의 첨삭에 비유한 말이다.
22　麟閣(인각): 麒麟閣. 漢나라 武帝가 궁에 세운 높은 전각. 宣帝 때, 霍光·張安世·韓
　　增·趙充國·魏相·丙吉·杜延年·劉德·梁丘賀·蕭望之·蘇武 11명의 공신의 초상을 그
　　렸다.
23　思白(사백): 董其昌(1555~1636)의 호. 명나라 말기의 문인화가. 글씨로도 유명하였
　　다. 자는 玄宰, 별호는 香光. 1589년 수석으로 진사가 되고 한림원서길사, 황태자의 講官
　　이 된다. 그 후 관직에서 물러나기도 하고 다시 관직에 들어가기도 함을 수차 반복하였다.
　　1620년 태상소경, 1622년 태상사경겸 시독학사, 《神宗實錄》 편집에 참가하여 1623년 예
　　유시랑, 이어서 좌시랑, 1625년에는 남경 예부상서를 지내고 다음해 은퇴, 1631년 옛 관
　　직에 복직, 1635년에 예부상서겸 태자태보로 끝난다.
24　式怒蛙(식노와): 성난 개구리를 본받음. 吳나라 夫差에 대한 복수심을 불탄 越나라
　　句踐이 외출했다가 그의 수레 앞에서 개구리 한 마리가 힘을 불끈 내는 것을 보고 몸을
　　굽혀 경의를 표했다(出見怒蛙, 乃爲之式.)고 한 데서 나오는 말이다.
25　燕收駿骨(연수준골): 연나라에서 준마의 뼈를 거두어들임. 전국시대 燕나라 昭王이
　　賢士를 구하려고 할 때, 郭隗가 소왕에게, "옛날 어느 임금이 千金을 현상금으로 걸고
　　千里馬를 구했는데 구하지 못하였습니다. 3년 뒤에야 죽은 준마 한 마리의 뼈를 五百金에
　　사들여 왔더니, 그 후로 1년도 채 안 되어 천리마 3필을 얻게 되었습니다."라고 한 데서
　　나온 말이다. 駿骨은 훌륭한 인재를 의미한다.
26　輻輳(복주): 바퀴살이 바퀴통에 모임. 한곳으로 모여듦.

姓莫不剃頭乞命, 我之師臣[29]與各道臣奔逃。鄭重經略, 三授尙方劍, 加設
撫臣, 沛發內帑, 竭天下力, 以供方虎[30]之所指揮, 竟無敢一矢東向者。而兵
亂于內, 疆促于外, 擧朝文武百官, 莫不變色相對。設曰無將無兵, 臣竊惑
之。豈遼東數千餘里, 無一忠義; 四海九州之大, 無一奇才異等之士, 超距投
石[31]之勇, 堪爲國家吐氣也! 觀前後邸報[32], 南衛鐵山諸處遺民, 猶肯徒手保
險, 死不降奴, 號天飮泣, 以待王師。又幸有毛文龍者, 持孤劍, 穿賊中, 與豪
傑王一寧等, 設計盟誓, 以二百人奪鎭江, 擒逆賊佟養眞等, 獻之闕下, 且不
費國家一把鐵, 一束草, 一斗糧, 立此奇功。當時登撫若肯疾速策應, 資以器
械衣糧, 使之收拾殘民, 立成一軍, 時出撓賊, 凡諸陷賊之人, 必有思漢內應
者, 豈非制奴一奇策耶! 奈何信王紹勳之偏私[33], 藉口先發爲恨, 一不策應,
坐令孤絶, 又虛膽塘報[34], 破壞功臣。臣竊傷之。以爲文龍不幸, 旣隔于奴,
又隔于登萊, 無生文龍矣。今回鄕人又稱, 文龍于前月中, 設計殺奴賊二三
千人, 奴令李永芳·佟養性以車駕砲往, 與文龍爲難, 又放還朝鮮人, 約共
縛之。當事者以文龍無的報, 恐回鄕人爲奴所遣以誘我。猾賊多計, 其事誠
不可知。然使實有此捷, 而望其來報, 則事勢之至難者。何則? 奴旣絶河東
之路, 紹勳等又讒妒其功, 惟恐文龍不死, 茫茫大海, 何處可得達乎?

　臣愚以爲, 文龍縱無後功, 但以鎭江一事觀之, 此眞奇俠絶倫可以寄邊
事者。陛下試問滿朝文武, 從來有大將, 不費一鐵一草一糧, 而能立功如

27 發難(발난): 반항하거나 반란을 일으킴.
28 內向(내향): 向內의 오기인 듯.
29 師臣(사신): 太師의 자리에 있는 신하. 집정대신을 높여 이르는 말이다.
30 方虎(방호): 周나라 宣王 때의 어진 장수인 方叔과 召虎의 합칭어. 방숙은 북방 오랑
캐 荊蠻을 쳐서 쫓았으며, 소호는 淮夷를 쳐서 큰 전공을 세웠다.
31 超距投石(초거투석): 관문을 뛰어넘고 돌팔매를 던짐.
32 邸報(저보): 官報. 朝報. 漢나라의 郡國과 唐나라의 藩鎭에서 모두 京師에 邸宅을 두고,
來朝할 때 邸 안에서 詔令·章奏 따위를 베껴서 제후에게 보고하였던 것에서 유래하였다.
33 偏私(편사): 편애함. 사적인 정에 치우침.
34 塘報(당보): 높은 곳에 올라 적의 동태를 살펴 아군에게 기로써 알리는 일을 이르던
말. 기를 조작하던 사람을 塘報手라고 한다.

文龍者乎? 有能置身四陷之地, 孤絶無援, 能當忠義孑遺[35], 感發成功如文
龍者乎? 如此膽略, 夫豈易得! 使今有三文龍, 奴可擄, 遼可復, 永芳·養
性可坐縛而釁之鼓下矣。 且可就遼平遼, 鼓舞殘民, 用其必死之心, 鍊成
精卒, 不待四出征兵, 擾動天下, 川蜀亂[36]可以不作矣。 今棄文龍于絶北,
委忠義于虎狼之口, 力盡而不救, 不資以器械衣糧, 使之坐斃, 以聽奴所魚
肉, 以爲養眞報仇, 佐奴酋而致其疾于我也, 豈不哀哉, 豈不惜哉! 夫舍殘
遼, 必死之精卒, 不收以爲用, 而遠募天下以致亂, 棄奇策有效之文龍不
救, 而偏信一籌莫展[37]之紹勳, 侈口[38]三方並攻, 而索兵索餉, 無時可成。
不知存立文龍一軍, 卽成眼前三方之策。 舍有用, 錄無功, 孤忠義, 輔殘賊,
不顧天下安危, 但局于一己好惡, 如此不已, 臣恐天下亂盡, 尚不能越三岔
河一步, 而社稷已危也。

臣愚無識, 誠見邊事危急, 而阻絶忠義, 坐失干城, 內自賊而遺禽于奴,
深爲失策, 故不避狂瞽言之。 伏乞陛下嚴敕經撫諸臣, 消融成心[39], 亟圖救
援。 或飛一詔, 募召海兵, 卽所在拜文龍爲大將, 錄其民之有功者, 次第陞
遷。 仍敕梁之垣, 當冒險曲達, 將所賫銀兩, 宣諭朝廷德意, 遍加賜賚, 使
益感激立功, 早收全遼, 不至并壞天下, 則社稷幸甚, 天下幸甚!」

乞立他爲大將。

　　寥落何人議築壇, 匣中血劍每空彈。
　　九重忽諾無知[40]薦, 靜掃烽烟四宇安。

---

35 孑遺(혈유): 겨우 남아 있는 것.
36 川蜀亂(천촉란): 川蜀은 지금 중국 四川省 成都 지방. 川蜀亂은 755년 安祿山이 范陽,
곧 지금의 북경에서 반란을 일으켜 쳐내려오자 唐나라 玄宗이 수도 長安을 버리고 成都로
파천했던 일을 일컫는 듯하다. 다시 말해, 모문룡의 활약으로 명나라 황제가 수도를 떠나
는 일이 생기지 않았다는 뜻인 것 같다.
37 一籌莫展(일주막전): 한 가지 계책도 펼치지 못함. 속수무책.
38 侈口(치구): 터무니없이 자랑으로 떠벌리거나 거드럭거리며 허풍을 떠는 말.
39 成心(성심): 고정관념. 선입견.
40 無知(무지): 魏無知. 漢나라 高祖 때 형수와 간통하고 뇌물을 받은 陳平을 유방에게

侯給事震暘[41], 疏請取梁監軍所賚二十萬金, 及王紹勛所統兵, 悉資文龍, 敕爲帥, 以聯絡島嶼間狡黠之壯士, 渙散[42]之人情, 自統遊兵一支, 出沒變化, 不受束縛, 亦一奇策。

到了廣寧失陷, 撫臣拿問, 經臣更用王在晉[43], 兵部尚書經略。始初王經略一本道:「毛文龍寄迹朝鮮, 潛踪[44]海島, 囚虎難聞, 飛鳥難依[45]。乞發閩兵三千, 航海應援, 乞令戶部給銀六萬, 以濟其急。」後一本又道:「朝鮮, 一彈丸之屬國[46]耳。四封[47]之布置, 所出幾何, 而使之戰, 則臣必不能; 聽空拳之將, 而使其丐衣食于外國, 則臣又不忍。惟有急呼餉于計部而已。

臣前請餉六萬, 猶存見少, 而該部復吝其一。當此軍興[48]缺乏, 臣屺[49]不

추천하여 창업 초기에 공을 세우게 하였다.

41 侯給事震暘(후급사진양): 侯震暘(1569~1627). 명나라 관리. 자는 得一, 호는 啓東. 1610년에 진사가 되고 行人에 올랐다. 天啓 초에 吏部給事中에 발탁되어 8개월 동안에 수십 건의 상소를 올려 閹臣 沈㴲이 客氏와 내시들과 결탁해 朋黨을 조성한 사실을 탄핵했다. 이 때문에 魏忠賢의 미움을 사 유배를 갔다.

42 渙散(환산): 뿔뿔이 흩어짐. 해이해짐.

43 王在晉(왕재진, ?~1643): 명나라 大臣. 자는 明初, 호는 岵雲. 1592년 진사가 되어 中書舍人으로 벼슬을 시작했다. 그 후에 江西布政使, 山東巡撫, 進督河道 등을 지냈으며, 1620년에 兵部左侍郎이 되었다. 熊廷弼, 王化貞이 후금의 누르하치에게 廣寧을 빼앗긴 후에 조정에서 크게 놀라 웅정필은 죄를 물어 죽이고, 왕화정을 하옥시켰다. 또 張鶴鳴은 병으로 사직하고 고향으로 돌아갔다. 熙宗은 선부 순무 解經邦에게 兵部右侍郎 겸 都察院右僉都御史 經略遼東으로 임명했다. 그러나 해경방은 중대한 직책을 감당할 수 없어서 사직했다. 1622년에 왕재진은 웅정필을 대신하여 兵部尙書 겸 右副都御史 경략요동계진 천진등래가 되었다. 이때 황제로부터 특별히 蟒玉(보석의 일종)과 衣帶 및 尙方寶劍을 하사받았다. 그 후 南京 병부상서, 남경 이부상서, 형부상서 등을 지냈다. 그러나 만년에 張慶臻이란 자가 황제의 칙서를 고친 일에 연루되어 관직을 빼앗기고 벼슬 명부에서 이름이 삭제된 후, 고향으로 돌아와 얼마 후에 죽었다.

44 潛踪(잠종): 潛蹤. 종적을 감춤.

45 飛鳥難依(비조난의): 나는 새가 사람을 가까이 하듯 못함. 唐太宗이 褚遂良에 대해 "心地가 곧고 신의가 있거니와 학식이 깊으며, 정성을 다하여 짐을 보필함에 나는 새가 사람을 가까이 하듯 하여 짐으로 하여금 가련히 여기고 총애하도록 하였도다.(褚遂良耿直, 有學術, 竭盡所能忠誠于朕, 若飛鳥依人, 自加怜愛!)"라고 한 데서 나오는 말이다.

46 屬國(속국): 법적으로는 독립국이지만 실제로는 정치, 경제, 군사, 문화의 면에서 다른 나라의 지배적인 영향을 받는 나라.

47 四封(사봉): 사방의 국경 안.

深維計部之難, 而有此可用之師, 不圖接濟[50], 無論灰忠臣義士之心, 而亦
何以令屬國勸也? 除淮兵見在登萊, 堪以卽發外, 今當天常屬就近糧二十
萬石, 僅十萬石; 戶部再發糧[51]十萬兩, 動支[52]買布三萬疋, 解發文龍. 仍
敕工部給以火藥火器‧鉛鐵皮革盔甲等物, 隨船帶去, 庶各兵衣食不乏,
而器具應手[53]矣. 至毛文龍備歷孤危, 猶懷報主, 條議方略, 尤徵壯猷, 卽
授總兵職銜, 頒給敕印旗牌, 一切假以便宜行事[54], 仍令王紹勳‧嚴大藩等
同心協力, 共圖征剿, 有功之日, 一體陞授.」

　聖旨陞毛文龍總兵, 王一寧登州府通判, 贊畫軍事, 賜敕許他便宜行事.

　敕至皮島, 毛將軍拜了命, 各將官俱參謁稱賀畢. 毛將軍就移咨關會[55]
朝鮮, 行文知會各島, 將當日鎮江擒捉佟養眞, 倂車輦[56]彌串[57]拒敵效勞將
士, 除守備蘇其民同王一寧解功[58]赴京, 有功把總張盤‧陳忠‧李景先‧王
甫‧尤景和‧毛承祿, 都箚授守備職銜, 張盤督領皮島陸路防守人馬, 陳忠
督領皮島水兵出戰人馬. 查得石城島緊對此[59]岸黃骨島, 廣祿島緊對北岸
歸服堡, 三山島緊對北岸菱角灣‧和尙島, 三馹牛‧長山島緊對紅嘴堡, 俱
是要地, 就着王甫‧尤景和‧毛承祿分守, 李景先敎訓新招遼地各島習水
新兵. 千總張元祉‧張魁‧呂一學, 都箚授把總, 張元祉督水兵哨探應援
各島, 張魁督沙喇船接濟遼東避難入島百姓, 呂一學管理登萊天津山海塘

48　軍興(군흥): 국가 비상시를 대비한 군량.
49　屼: 屺의 오기인 듯.
50　接濟(접제): 구제함. 도움. 원조함.
51　糧(양): 銀의 오기인 듯.
52　動支(동지): 돈을 지출함.
53　應手(응수): 사용하기에 편리함. 쓰기 좋음.
54　便宜行事(편의행사): (재량권을 위임받아) 형편에 따라 일을 적절히 처리함.
55　關會(관회): 上官이 下官에게 어떤 사실의 내용을 서면으로 조회함.
56　車輦(거련): 조선 평안도 鐵山에 위치했던 驛.
57　彌串(미관): 미곶의 한자 지명. 조선 평안도 龍川郡에서 서쪽으로 있던 지명.
58　解功(해공): 압송하는 일.
59　此(차): 北의 오기인 듯.

報。又將欽給銀六萬兩, 動支獎賞家丁劉繼祖等・耆民鞏文傑等, 就分遣
耆民鞏文傑・家丁劉繼祖, 督率兵民, 在皮島西北水口, 採石伐木, 築起水
關[60]; 家丁官養棟・耆民葛起鳳等, 督率兵民, 在皮島南面・東西兩面疊砌
墩臺[61], 以便瞭望; 家丁金汝才・耆民龔誠等, 督率兵民, 在本島砍伐木植,
大搭造營房, 幷總鎭府; 家丁徐計功・耆民孫泉等, 督率民兵, 砍伐木植,
打造戰船・運船; 耆民陸元升・彭國昌等, 督率民匠, 整備器械。又牌行[62]
各島守備, 相度[63]地形, 添設關隘・墩臺, 打造戰船。本島有效用百姓, 俱着
嚴行揀選, 給與衣甲器械, 不時訓練, 以備戰守。又多差撥夜[64], 潛至南衛,
探有各村堡屯民[65], 避難逃回[66]的, 多方撥船[67]接濟至島, 隨便[68]安挿[69]; 願從
軍的, 卽分發[70]訓練, 候武藝純熟, 卽與補伍開糧[71]; 願在島的, 卽田屯種;
原係工匠, 卽令入局[72]做工; 願歸中國的, 卽量給口糧, 送入登津等各島。凡
遇有警, 許得互相接濟, 不得推諉[73], 致誤軍機。仍又時常巡歷各島, 閱視兵
馬船隻, 撫安新舊人民。把這些島處處都弄得岩險可守, 這些島中兵士, 箇

---

60 水關(수관): 城 밑으로 뚫린 水門.

61 墩臺(돈대): 적의 움직임을 살피거나 공격에 대비하기 위해서 영토 내 접경지역이나, 해안지역의 감시가 쉬운 곳에 마련해 두는 초소. 전략적 요충지에 설치하여 적의 침입이나 척후 활동을 방어하기 위해 쌓은 소규모 방어시설이다. 대개 높은 평지에 쌓아두는데, 밖은 성곽을 높게 하고, 안은 낮게 하여 포를 설치해 두는 시설물이다.

62 牌行(패행): 行牌의 오기.

63 相度(상도): 관찰함. 판단함.

64 撥夜(발야): 撥軍과 夜不收의 합칭어. 撥軍은 각 역참에 속하여 중요한 공문서를 교대 교대로 변방에 급히 전하던 군졸이며, 夜不收는 軍衆에서 정탐하는 일을 맡은 군사로 한밤중에 활동하기 때문에 이렇게 부른다.

65 屯民(둔민): 둔전과 둔답을 경작하는 농민.

66 逃回(도회): 逃回軍. 포로가 되었다가 도망쳐온 군사.

67 撥船(발선): 부두와 本船 사이를 짐이나 사람을 싣고 왕래하는 작은 배. 거룻배.

68 隨便(수편): 좋을대로. 맘대로. 마음대로. 편한대로.

69 安挿(안삽): 안착시킴. 안주시킴.

70 分發(분발): 따로따로 배치함. 각각 파견함.

71 開糧(개량): 開倉放糧. 창고를 열고 곡식을 방출함.

72 入局(입국): 가담함.

73 推諉(추위): 책임을 떠넘김.

箇都敎得精勇可戰, 居中馭外, 璧合珠聯, 眞已成一箇雄鎭了。

列嶼成星共[74], 居中氣象尊。
誰知滄海上, 重闢一乾坤。

毛將軍旣授總兵, 則與天津登萊總兵一體行事, 凡是沿海援遼將士, 俱得節制調發, 這番戰守機宜, 都得自做主張, 奴酋料已不能安枕, 料已不能佔據了。正是:

龍城飛將[75]新持節, 匹馬休思入漢關[76]。

世何嘗無建功之人, 不得人表彰, 則不顯; 亦無不能建功之人, 不委以事權, 則不行。若非諸賢薦揚, 朝廷假之以爵位, 則亦當與窮島流民埋沒于荒烟蔓草中已耳。固知蕭何[77]應爲三傑[78]之首。
得思白 · 岵雲兩疏, 而毛將軍根脚定, 所以得成八年牽制之功。

---

74 星共(성공):《論語》〈爲政篇〉의 "정사를 덕으로 하는 것은 비유하면 북극성이 제자리에 머물러 있고 뭇별들이 그에게로 향하는 것과 같다.(爲政以德, 譬如北辰居其所, 而衆星共之.)"에서 나오는 말.
75 龍城飛將(용성비장): 衛靑과 李廣의 일을 합쳐서 쓴 것으로, 위엄으로 敵境을 떨게 하는 名將을 가리킴. '龍城'은 지금의 漠北塔果爾河 지역인데, 한나라 때 흉노족이 크게 모여 祭天하던 곳이다. 《漢書》〈衛靑霍去病傳〉에 "元光 6년에 위청이 흉노를 쳐서 용성에 이르러 오랑캐 수백 명을 참수하였다.(元光六年, 靑擊匈奴至龍城, 斬首虜數百.)"라고 하였다. '飛將'은 漢나라 때 변방을 수비했던 李廣 장군을 말한다. 《史記》〈李將軍列傳〉에 "이광이 右北平에 거하니, 흉노들이 그것을 듣고 '漢나라의 飛將軍'이라 부르며 수년 동안 그를 피하였다.(廣居右北平, 匈奴聞之, 號曰漢之飛將軍, 避之數歲.)"고 하였다.
76 漢關(한관): 오랑캐들의 침입을 막기 위해 사막 지역에 설치한 관물을 가리킴.
77 蕭何(소하): 중국 前漢 때 高祖 劉邦의 재상. 한나라 유방과 楚나라 項羽의 싸움에서는 關中에 머물러 있으면서 고조를 위하여 양식과 군병의 보급을 확보했으므로, 고조가 즉위할 때에 논공행상에서 으뜸가는 공신이라 하여 酇侯로 봉해지고 食邑 7,000호를 하사받았으며, 그 일족 수십 명도 각각 식읍을 받았다.
78 三傑(삼걸): 세 사람의 뛰어난 인물. 곧 漢나라의 蕭何 · 張良 · 韓信과 蜀나라의 諸葛亮 · 關羽 · 張飛를 일컫는다.

第十五回 陳方略形成聚術 分屯駐勢合聯珠

巍然雄鎭峙東溟, 戰艦滿寒汀。 鼓吹遙連燕冀[1], 旌干遠映淄靑[2]。 唇齒相依,
輔車相庇, 犄角成形。 血戰期衰虜運, 奇勛丕振王靈。
右調《朝中措》

天下事, 偏有無心得之者。當日河東失陷, 朝議三方進取, 登萊‧天津‧
廣寧, 都設有巡撫, 屯有重兵, 廣寧由陸, 登‧津由水, 要三路並行。誰知
登‧津兩處, 糜了多少錢糧, 也不曾出得一船一兵, 得他一矢一戟, 後來幷
廣寧失却, 一番經緯, 盡成畫餠。何期毛將軍因招撫得了鎭江這奇功, 因
避兵又得了皮島這勝地, 北連四衛, 南接登萊, 東呼朝鮮, 西吸天津, 隱然
成一重鎭。當日毛將軍奉有敕旨, 總兵東江[3], 一箇皮島與各島, 弄得星聯
碁置, 隱然有虎豹在山之勢。若只株株守了[4]這塊土地, 做一箇龜兹小國,
與國家任他的心, 王撫差遣他的意思, 豈不有負! 他除將自各島軍兵簡練,
以圖恢復, 他將各島與登萊天津‧金復海蓋地形遠近, 進兵所在, 細心籌
畫, 想出一箇方略, 上本道:「平遼副總兵毛文龍為制奴滅奴事: 切臣一介
庸愚, 在遼二十餘載, 謬蒙遼東撫臣王化貞委任, 遂以孤軍擒叛逆於遼民

---

1 燕冀(연기): 冀燕. 지금의 중국 河北省 지역.
2 淄靑(치청): 지금의 중국 山東省 지역.
3 總兵東江(총병동강): 毛文龍이 鎭江(지금의 요녕성 단동시 구련성 방향)을 기습하였
   다가 누르하치의 명을 받은 阿敏과 홍타이지에 의해 쫓겨 皮島에 주둔한 것을 일컬음.
   東江은 皮島를 달리 지칭하는 말이고, 모문룡이 피도에서 세력을 모아 패주가 되자 명나
   라는 그에게 平遼總兵官에 임명하였다. 피도를 동강이라 하였으므로 그를 '동강총병'이라
   불렀고, 사람들은 그를 '毛帥'로 부르기도 하였다.
4 株株守了(주주수료): 株守了의 오기. 守株待兔. 나무 그루를 지키며 토끼를 기다린다
   는 뜻으로, 요행을 바라다는 말이다.

潰散之餘, 復鎭城⁵於麗國畏懦之後, 雖至風競冰堅, 糧匱援絶, 而猶仗皇
上威靈, 廟堂勝算, 計復寬寰, 術聯南衛。而上年十二月內, 奴賊渡河之後,
尚餘十餘萬歸正之民, 曁陰陽其志之麗人, 牽制奴無西犯, 倘津登之援師
一至, 廣寧之進兵有期, 臣張勢寬鎭, 倡率南衛, 用報王撫臣知遇之恩; 旣
報皇上寵異之典矣。乃今津‧登之應援, 議同築室; 山海之防守, 患切剝
膚; 設奇正⁶以定分合, 保危關以衛神京⁷, 復如理亂絲。臣雖孤處海隅, 瞻
依闕庭, 未嘗不太息悲咽, 而繼之涕泣也, 敢以一得之見⁸, 爲皇上陳之。

　西虜反覆不常, 謂宜待以羈縻⁹。至於喜峰‧山海各處, 用先臣郭登¹⁰守
大同空營火砲地龍, 及劉某礮石¹¹之屬, 以資城守, 而更密運神謀, 以折虜
志, 使彼爲我用, 而不爲我患。此山海待西虜法也。朝鮮素稱小國, 自我
有東事¹²以來, 兵餉喪于渾河¹³之役, 水卒死于詔使之還¹⁴, 旣騷我卒於彼
之江洋, 更那彼餉於我之兵士, 固疲極矣。而無籍之徒, 非謀賚經撫咨文,
則鑽求部府批扎, 動騎官馬, 滿馱私貨, 隨途擾害, 擧國盡爲攢眉。臣思奴

5　鎭城(진성): 주로 수군들이 전투를 위해 해안 벽에 쌓는 성곽.
6　奇正(기정): 兵法의 용어로서, 정면으로 접전을 벌이는 것을 '正'이라 하고 埋伏이나
奇襲 등의 방법을 쓰는 것을 '奇'라고 함.
7　神京(신경): 명나라의 수도.
8　一得之見(일득지견): 짧은 소견. 좁은 소견. 어리석은 견해.
9　羈縻(기미): 중국의 夷狄에 대한 통제‧회유책. 중국 왕조가 주변의 약소민족에 대한
지배정책으로 그 유력자를 懷柔하여 自治를 허용해 간접통치한 것을 말한다.
10　郭登(곽등, ?~1472): 명나라 장수. 武定侯 郭英의 손자. 正統 연간(1436~1449)에 王
驥를 따라 麓川 정벌에 공을 세워 錦衣衛 指揮僉事가 되고, 또 沐斌을 따라 騰冲을 정벌하
여 都指揮僉事로 승임했다. '土木堡의 變' 당시 大同을 지켰으며, 景泰 초년에 瓦剌을 물
리친 功으로 定襄伯에 봉해졌다. 英宗이 復辟해서는 甘肅에 유배되었지만, 成化 初에 複
爵되어 甘肅 總兵官에 임명되었다.
11　礮石(포석): 기계를 이용해 던져서 적을 공격하는 돌.
12　東事(동사): 조선의 임진왜란을 일컬음. 명나라에서는 '倭犯朝鮮', '倭寇朝鮮', '倭事',
'抗倭援朝' 등으로 불렸다.
13　渾河(혼하): 深河의 오기.
14　水卒死于詔使之還(수졸사우조사지환):《월사선생집》권23〈回咨王撫院〉에 의하면,
1621년 중국의 사신들이 돌아갈 때에 조선의 水卒이 익사한 사실을 확인할 수 있음.

酋發難[15], 皆爲市井無賴所激, 宜速勅登萊撫臣, 嚴禁奸人托名呑扎以入
麗者. 此登萊聯朝鮮法也.

　至于三方布置之謀, 以廣寧爲正, 登津爲奇, 今則山海宜守, 登津宜戰.
若就登津較量, 則津兵當以應援山海, 而登萊時聯旅順, 密邇朝鮮, 但令各
島聯絡其中. 島上居民, 自王撫臣多方招撫, 而各民自多感德, 慮無不效
命者. 夫或招或剿, 或戰或守, 或進或退, 或合或散, 出沒海上, 神島間之
奇謀, 用登鮮之聯合, 固非特牽制奇着, 實爲恢復要着[16]. 然自各島布置
始, 查得廟島[17]·鼉磯島·皇城島, 爲登萊門戶, 兵將船隻, 急宜往守, 諒登
萊撫臣自有成筭. 惟是旅順之險, 設若爲奴所據, 我之往來不便. 旅順東
距三山島三百里, 請以遼兵二千, 水兵船隻七十號, 用經略標下練兵都司
陳大韶, 以旅順南營遊擊職銜居之, 從島入守旅順, 則登津朝鮮之水路通
矣. 三山島東距廣鹿島二百里, 請以遼兵二千, 水兵船五十餘號, 用經略
標下練兵都司王學易, 以旅順北營遊擊職銜居之, 從島入守金州, 仍令陳
大韶應援, 則彼此牽制有率然之勢[18]矣. 廣鹿東距長山島五十餘里, 請以
遼兵二千, 水兵船五十號, 用經略扎委[19]練兵遊擊宋鵬擧, 以復州參將職
銜居之, 從島入守復州, 則斷奴酋之左臂矣. 長山東距石城二百餘里, 請
以遼兵二千, 水兵船五十餘號, 用經略標下參謀都司劉可伸, 以海州參將
居之, 入守海州. 石城相近小松島, 請以遼兵千餘, 水兵船二十餘號, 用經
略扎委加銜都司林茂春, 署蓋州備禦事, 入守蓋州, 卽命劉可伸爲之應

15　發難(발난): 반란을 일으킴.

16　要着(요착): 要擊. 도중에서 차단하여 공격함.

17　廟島(묘도): 산동반도와 발해만 사이에 있는 섬.

18　率然之勢(솔연지세): 각 軍陣이 서로 유기적으로 호응할 수 있도록 길게 이어져 한
곳이 침입을 받게 되면 주위의 다른 군진에서 구원하여 함께 외침을 막아 내는 것이 구렁
이의 首尾가 서로 상응하는 것과 같음을 가리키는 말. 《孫子》〈九地〉에 "솔연은 상산에서
나는 뱀으로 머리를 치면 꼬리가 응원하고, 꼬리를 치면 머리가 응원하며, 중앙을 치면
머리와 꼬리가 응원한다.(率然者, 常山之蛇也. 擊其首則尾至, 擊其尾則首至, 擊其中則首
尾俱至.)"라는 말이 있다.

19　扎委(찰위): 札委. 파견 관리에게 위임한 공문.

援。石城東距麗島²⁰二百餘里, 請以遼兵千人, 船二十餘號, 用巡撫(扎)委守備程攸, 以岫岩備禦居之, 入守岫岩。麗島東距鮮鎮寬靉二百里, 即用經略扎委鎮江練兵遊擊張忠‧扎委練兵都司署靉陽守備尤景和, 各率所部, 乘除于鮮鎮寬靉間, 以相機直入奴寨。且分且合, 以疲其力; 且進且退, 且戰且守, 以挫其鋒。譬彭越²¹撓楚²²之法, 孫子²³懼吳之術, 虜之逸者勞, 合者分。 而後臣督率衆營各兵, 憑山扼險, 直逼遼城, 山海關更出師躡之。如臣前揭部院謂, 山海扼其脛, 三岔截其腰, 臣等于東南拊其背而躝其尾, 奴可滅也。

夫招練遼兵, 既免安家²⁴行糧²⁵, 又省日月擔閣²⁶, 兼習虜情, 而我得一人, 賊卽失一人, 策之得也。乃過慮者謂遼民藏奸, 毋令渡海, 正不知遼將或多通虜, 遼民反實懷報國, 且揀其壯丁爲兵, 載其家屬過登, 安挿²⁷遠處, 何奸之有! 惟速給臣餉三十餘萬, 差官刻期押付²⁸, 幷再挑選登津各處遼

---

20 麗島(여도): 鹿島의 오기.
21 彭越(팽월): 前漢 시대의 武將. 진나라 말기 각지에서 봉기하여 군웅들이 할거하자 스스로 봉기하여 군사를 일으켰다. 楚나라 項羽를 만나 그의 군사가 되었다. 하지만 항우가 자신의 공로를 인정하지 않는다고 생각하여 반란을 일으켜 유방에게 투항하였다. 漢나라를 세운 劉邦의 휘하에서 항우의 보급로를 공격하는 등 특히 후방에서 항우 진영을 괴롭혔다. 그는 유방의 휘하에서 여러 차례 무공을 세웠으며 특히 垓下戰鬪에서 큰 공을 세웠다. 말년 병상에 누워있다 징병을 거절했다는 이유로 呂太后(유방의 처)의 모함을 받아 유방에게 죽임을 당하였다.
22 撓楚(요초): 楚란 西楚霸王 項羽를 가리키는데, 楚‧漢이 다투던 시기에 팽월은 늘 군사를 거느리고 초패왕의 후방을 교란시켜 유방이 항우를 멸하는 데 기여했던 것을 일컫는 말.
23 孫子(손자): 춘추전국시대 吳나라 闔閭를 섬기던 전략가 孫武의 존칭. 본문은 그의 詭道를 일컫는 것인데, 궤도란 "남을 속이는 수단"으로 즉 물러나는 척하면서 접근하고, 접근하는 것처럼 보이면서 물러나면 적은 지쳐 무너지고 허점을 드러내니, 이 순간에 적의 의표를 찌르면 백전백승이라 한다고 하였다.
24 安家(안가): 집을 지어 주어 가정을 꾸릴 수 있게 하는 것. 군사 징발의 대가로 그 가정의 생계를 지원해 주는 것.
25 行糧(행량): 병사들이 출정할 때 그 진영에 지급하는 양식.
26 擔閣(담각): 허송세월로 시기를 놓침을 뜻하는 말.
27 安挿(안삽): 알맞은 위치에 배정함. 안착시킴.
28 押付(압부): 押領交付의 준말로, 죄인을 押送하여 넘겨주는 것을 일컫는 말.

丁二萬, 又募浙兵精于火器者萬餘, 給盔甲器械, 分往各島, 俾圖戰守, 以襄恢復. 至計奇正互用, 首尾夾攻, 豈特奴酋不敢窺山海, 卽河西亦不敢輕渡矣.

伏乞勑下, 酌議處分, 倘以臣言可采, 速賜裁決. 誓以慕義之餘年, 爲國家竭東隅之報效. 且臣受王撫臣東行之令, 原約七月襲取寬鎮, 八月撫臣卽渡河東. 徒以事多掣肘[29], 坐失機宜, 奴勢益熾, 各城復陷, 致臣效忠效義之雄心, 淪沒于堪悲堪咽之時事. 而更遷延危彊, 候兵候餉, 杳然一載, 此何時勢也, 而堪此空說空談乎! 況去冬奴賊先攻鎮江, 知江東無兵, 是以新正安心過河, 以攻廣寧. 今又牽制無兵, 則山海必成孤危, 而神京豈能安枕! 且奴衆雖不能搖舟, 而遼兵捕魚爲生者, 多爲賊用, 彼如先據各島, 則登萊亦成危局. 是奴可水犯陸犯, 我總難戰難守, 卽殺身異域, 徒增原下之悲, 而一片忠肝, 無補孤魂之泣矣. 萬分緊急, 敢冒斧鉞上懇. 倘廟堂以未經目擊之情形, 偏執登鮮無益于恢復之大事, 優游不斷, 挫過[30]六七月光陰, 秋高風勁, 漸至冬朔, 事不可爲, 奴得倂力山海, 悔之無及. 臣身居險地, 言出痛心, 不敢自附石畵[31]。 第祈我皇上勑諭諸臣, 用臣末議[32], 使得悉心計而盡瘁乎鯨呑[33]鼉噬之中, 卽粉齏有餘榮矣!」

聖旨:「該部看了來說.」

滿眼山川滿腹兵[34], 神謀還令鬼神驚.

憑將一紙安邊策, 塞外胡塵瞬息淸.

隨該兵科出參道: "爲照毛文龍接濟之說: 急者自急, 緩者自緩, 此已腐

---

29 掣肘(체주): 남을 간섭하여 마음대로 못하게 하는 것.
30 挫過(좌과): 錯過의 오기인 듯.
31 石畵(석화): 원대한 계획.
32 末議(말의): 하찮은 논의. 자신의 의견을 낮추어 일컫는 말이다.
33 鯨呑(경탄): 고래가 물고기를 통째로 삼키듯 강자가 약자를 삼킴을 이르는 말.
34 腹兵(복병): 腹中兵甲. 가슴속에 뛰어난 재주와 책략을 지닌 사람을 비유하는 말.

舌, 彼如充耳, 致使君令不足以敵臣意, 當局不足以勝旁紛, 奈之何哉? 假令楡關[35]可丸泥封[36], 西虜可鞭箠使, 文龍卽不妨置棄于虎狼搏噬之穴。若猶未也, 則何恃而不恐。數月以來, 寧前諸處, 奴未敢一矢加遺, 誠恐長驅而文龍之議其後也。 文龍滅奴卽不足, 牽奴則有餘。議者視棄文龍如溝中梗, 奴一意西向, 捲甲疾馳, 危關孤壘, 奚以禦之? 況其列兵旅順, 改造風帆, 萬二[37]據海島, 望登萊, 混稱兵船, 鼓棹迅至, 彼時卽悔接濟之遲, 悞[38]何及哉!

據文龍疏中, 談奴情甚悉, 又謂某島該兵若干, 統以某將, 誠不欲海上各區, 使奴先據, 長彼覬覦[39]之心, 絶我牽制之路也。夫遼民苦奴之虐, 逃依麗國者, 以十餘萬計, 其心爲中國死者, 亦且數萬。誠勅(敕)令戶部亟如臣部議餉十萬, 前往接濟, 選遼民勇者, 置之行間[40], 列于各島, 以所擧材官[41]分隸之, 旣無招募稽遲之悞, 又無安家行糧之費, 較之客兵[42]不習水土, 不耐風寒, 不勇戰鬪者, 費倍省而氣復倍壯, 是一兵可當奴百兵也。夫其不可丸泥封·鞭箠使者, 朝廷且不惜數百萬金錢, 爲補苴[43]之計, 而明明能乘奴者, 任其疾呼不爲引手, 臣竊惑焉。

臣部前疏所題閩兵, 招練渡海有日, 可無容贅。獨淮兵前奉旨過海, 而裹足[44]淮揚, 藉口剿妖, 豸繡[45]之威稜, 自行自止。

---

35 楡關(유관): 山海關의 별칭. 渝關이라고도 한다.

36 丸泥封(환니봉): 함곡관은 중국의 長安으로 들어가는 험한 關門인데, 東漢의 초기 隴西에 웅거하여 복종하지 아니하던 隗囂의 장수 王元이 큰소리로 "나에게 한 덩이 진흙[一丸泥]을 주면 그것으로써 함곡 관문을 봉해버리겠다." 하였다. 진흙이란 것은 아마 印章을 찍는 데에 쓰는 武都의 붉은 진흙을 말한 것인 듯하다.

37 萬二(만이): 萬一의 오기.

38 悞(오): 誤의 이체자.

39 覬覦(기유): (분에 넘치는 것을) 바람. 엿봄.

40 行間(행간): 行伍間. 陣中.

41 材官(재관): 武官.

42 客兵(객병): 다른 곳에서 와서 주둔하고 있는 군대.

43 補苴(보저): 결함을 보충함.

44 裹足(과족): 앞으로 나아가지 않음. 발을 싸맨다는 뜻으로, 두려워 발걸음이 떨어지지

廟堂之旨意朝四暮三, 其何以示令共而昭畫一⁴⁶耶? 夫一渡海耳, 懦者畏之以爲害, 而奸者顧涎之以爲利, 所稱假借箚委⁴⁷, 擾害無厭, 籍其力不恤其私, 利其物致孤其望, 則柔遠⁴⁸之謂何? 臣部當與經撫諸臣亟嚴加申飭矣。 既經具奏, 前來相應復請, 合候命下, 遵奉施行。"

自此, 朝廷之上, 無不曉得皮島的兵馬, 眞可以提挈登津, 眞可以牽制哈赤。有了一座皮島, 可以控制得各島; 有了各島, 登津之兵可以漸漸, 可以漸漸向金復海蓋四衛進發。若不是他招撫, 奴酋先得了這些海島, 這些海島歸伏了奴酋, 做他的鄕導, 或分一箇逆賊, 似佟李之輩, 以中國人用中國·學中國水戰, 結寨在皇城島, 就逼近了山東, 結寨在廣鹿島, 就近了天津。莫說兩處不敢進兵, 及要防守, 則是年來, 朝廷但以全力防守山海, 不急慮天津登萊, 向來但聞失城失堡, 此後但聞得收復金州各處地方, 他的方略, 那裡是虛言哄弄朝廷, 以邀封賞的。

披讀方略, 使人有封長白山之想。吁, 如今安在哉!

<hr>

않거나 일이 진전되지 않음을 이르는 말이다.
45 豸繡(치수): 어사들이 착용하는 豸冠과 繡衣를 일컬음.
46 畫一(획일): 顆若畫一. 漢나라 相國인 蕭何가 죽자 曹參이 그 직책을 계승하여 소하의 법도를 그대로 준행하다가 3년 뒤에 죽었는데, 백성들이 이를 찬양하여 "소하의 법도는 분명하기가 선을 그은 것 같았네. 조참이 그 뒤를 이어 이를 지켜서 잃지 않도록 하였네. 청정한 정사를 행한 그 덕분에 백성들이 안정된 생활을 누리게 되었다네.(蕭何爲法, 顆若畫一. 曹參代之, 守而勿失. 載其淸淨, 民以寧一.)"라는 고사에서 나온 말이다.
47 箚委(차위): 상부에서 하부에 공문을 띄워 위임하는 것.
48 柔遠(유원): 柔遠能邇. 먼 지방의 사람을 회유하고 가까운 지방의 사람을 친히 하다는 말이다.

찾아보기

영인자료

요해단충록 3

『古本小說集成』 72, 上海古籍出版社, 1990.

여기서부터는 影印本을 인쇄한 부분으로 맨 뒷 페이지부터 보십시오.

卷之三

第十一回

避敵鋒寄迹朝鮮　得地勝雄據皮島

兵甲胸蟠鯨鯢頸繫漢官儀遺民重睹笑

摧枯驚破竹。直是風雷厲師行無滯。滇

海滄茫窮邊迢遞。爭奈是軍孤乏繼望援

師呼庚癸徒有憂時涕阿誰相濟。

右調錦帳春

死有重于泰山。死有輕于鴻毛。故魯曹劌三敗不

死後來以兵劫齊桓公。復累敗之地管仲三戰三
北也不死後來脫羈囚成一匡天下之烈大丈夫
自看得定後來必能為國家做一番事業便不須
悻悻而死但不可似漢李陵藉口陵不死將以有
為也把一箇身子降胡家覆名滅毛遊擊他止以
四百人襲取鎮江歸附的多連復州遊擊單盡忠。
前見他招撫尚未歸心後邊聞他鎮江成功也聚
集遼民五六萬與毛遊擊聲勢相應只是奴酋先
時把一箇修養真守住鎮江斷了朝鮮來路而四

衛多巳投降。他道遼陽可以穩據了不與毛遊擊

復了鎮江東結朝鮮西連四衛。南接登萊天津東

要防他與朝鮮合兵韜樂南防他與四衛登津合

兵恢復遼陽若犯廣寧又怕他合兵斷河截他歸

路或輕兵襲他糧勦他後隊有一箇不兩立之勢

了况且佟養性又因他拿了兄弟佟養眞急要報

仇搶哄奴酋先取四衛使他回不得廣寧後邊裝

載砲車直取鎮江故此先把一箇劉愛塔村做總

督益復金三衛總兵鎮守。領兵來管理三處單遊

擊不伏他管理。殺了他招降人劉愛蕃太寬報知

奴酋要來征勦單遊擊是對他不過怕將城中

百姓渡到長山島躱避讒賊知道來退喜得不知

水性遭風打壞船兩隻淹死了許多人遂不敢來

只候佟李二賊軍令同取鎮江此時毛遊擊正在

鎮江招降納附只見報馬來奴酋已收了蓋復金

三衛單遊擊已退入長山島毛遊擊道這賊是斷

我歸路剪我羽翼不久就來攻我了就分付城中

百姓有願歸中國的可卽收拾行李暫赴各島安

撺著蘇其民、張盤、李景先分揆裝載散入猪島猶

子廣鹿各島城中攜兒挈女擔籠挑箱登登不絕。

毛遊擊差兵護送不許百姓自相搶劫又行牌各

船火緊裝載不許搒索錢鈔似此兩日已是廿七

日毛遊擊道不好了再是兩日奴兵必到勢須分

揆避他以圖再舉豈可坐以待斃自帶了部下家

丁併城中願隨行百姓約有二萬渡江走入朝鮮

地方。

　一鞭驕馬去匆匆。　　避敵他鄉效古公。

　　　　　十一回

身在不妨圖再舉。　肯教輕自殞萬蓬。

到彌串堡屯下求宣諭朝鮮梁監軍要他對朝鮮

因說助兵這廂俟李兩箇同奴酋兒子洪太率領

兵數萬前駕砲車後擁鐵騎漫山塞野趕來廿九

日把鎮江城鐵桶一般圍住口口聲聲要提拿毛

文龍砍頭祭旗此時城中除蘇其民等將船裝載

僚入島中約有二萬餘人隨毛遊擊到朝鮮也二

萬有餘在城中的原不願去希圖獻城做功的都

開門投順不知佟賊恨毛文龍拿了兄弟又惟這

些人反覆今日降漢明日降胡。竟不分玉石帶同

部下亂砍把城中不分老少殺箇磨盡城中房屋

盡行燒燬

　　涓涓熱血湧如泉　　　燒盡茅簷剩有烟

　　一似咸陽當日事　　　獨餘鬼火照平川

蒲城搜遍不見毛文龍佟賊又去搜得幾箇人來

問時道毛遊擊前日已出城到朝鮮去了問佟爺

時道佟爺被毛遊擊拿住連幾箇守堡官一齊解

往廣寧去巳五六日佟賊聽了大怒道不殺毛文

龍誉不回軍把這幾人也砍死把砲車都推向鴨

綠江沿江都屯了鐵騎差人過江對朝義州節制

使朴燁索要毛文龍如不行轉送先攻打義州後

去彌川堡捉拿毛文龍一起。此時朴燁要說不在

奴酋巳探聽得毛文龍屯在彌川堡若要縛送怕

中國責問不送與他說或奴兵渡江豈不是惹火

燒身尋思無計道不若我放一條路與他自到彌

川、堡拿不着不干我事拿了去中國責問我只推

奴、兵自來、擒捉勢大不能救應。責備不得我就暗

養通官前去許他差人引導自巳擒捉修李二人

應了悄悄發兵渡了鴨綠江過義州城朴燁處刑

城門不行攔抵也不着人通知毛遊擊竟聽他過

了直向彌川堡來此時毛遊擊在堡中也防奴兵

要來只備着義州為地方干係畢竟不放他入犯

不料奄巳是潛地殺來把堡子閣住部下散有奴

兵毛遊擊登堡一望

遍地飛來鐵騎憑空布滿旌旗若教容易出重

閣除是身生兩翅

毛遊撃自想身邊歷戰兵士不及四百火器又不
多料敵不過早又堡門攻破毛遊撃也顧不得衆
人只帶領得家丁三十餘人自騎着一匹千里駿
驄馬從堡後殺開一條血路就走無不以一當百
殺死奴兵數百殺出重圍堡內百姓逃的死的也
沒了一半毛遊撃出得圍計點從行家丁也止存
得一十七人後面塵砂大起早已追來了頭隊韃
子有三五百毛遊撃見他逼近反將馬帶轉一齊
冲回出其不意韃兵喫了一驚被毛遊撃將爲首

10

的後死了百數韃兵退去復合着第二隊趕來毛
遊擊看見一座樹林郤把馬閃入讓他過去復繞
過林子走在他後又一齊大喊一聲殺得韃兵亂
竄又殺傷他百餘意思要嚇他回去那韃兵郤又
合了些趕來毛遊擊道方纔慌慌出堡乾糧都不
曾帶得如今又乏之如何是好只見一箇家丁王鎬
道前面是三岔路爺可往西去到平壤我哄他往
東緩住追兵毛遊擊果然帶十六騎往西王鎬獨
自一箇在東打着馬兒慢慢行韃兵趕來瞧見西

路無人東路影影有人行動便發一聲喊起來這

王鎬不怕事偏驍轉馬舞着兩把刀殺來這些鞋

子見他衣裝齊整錯認做毛進擊團團圍道不要

放箭佟爺要活的只把鐘刀來殺這王鎬是揀箭

死的把兩把刀雪花似亂飄砍得人風葉般亂滾。

砍傷豈止百多鞋子不料馬中了幾鏢一交趺倒。

王鎬便下馬步殺又砍了許多早用力巳盡兩臂

俱提不起要自刎時刀也使不得便笑道你拿去

你拿去衆鞋子一齊趕來捉住道拿住了毛文龍

拿住了毛文龍王鎬道奴酋毛爺葢世英雄可是你近得的、拿得的、那會修養性聽得拿了毛文龍飛馬趕來只見衆兵道這蠻子不是毛文龍却砍壞了我百數人修養性道這等也是條好漢你便在我麾下罷王鎬道奴狗我學你反叛天朝麽便待奪刀來砍終是力乏修養性大怒忙叫砍便剛刀亂下砍做一團肉泥

意氣薄青雲　何嫌首領分
殺身殉主難　不愧紀將軍

再抵尋毛文龍時絕無踪影修養性只得收軍去
了毛遊擊探得奴兵已去復到㳾川堡衆可憐屍
橫遍地不是折脚却是無頭這些隨來的百姓也
有潰圍走出的也有躲在隱處的也有混在死屍
中的剩的不下萬餘却移文義州道他潛通奴酋
引兵殺害又移咨議政府道國王背　國家平倭
之厚恩都通奴虜殘害中國人民圖殺中國大將
議政府差通官朴弘文再三來辨説是邊臣失事
毛遊擊定要上本要請登萊天津兵來割罪議政

廣其得計議道留他在此畢竟爲禍胎慕奴前來

揣摸不若助他些兵糧送他回島可以兩全送又

着朴弘文來見說國王受 天朝大恩並無異志

着得本國海中有一座皮島可以屯兵可以耕種

情愿差人協助開關助耕牛穀種屯田若奴兵來

攻發兵犄角毛遜擊也假脫手應了朝鮮便備鮮

船隻送他到皮島中來果然好一箇所在

山擁邊城海開天塹林標彩幟濤振驚鼉前列

着薜子島石蛛島窩棋蓁薄側連着廣鹿島皇

中恩隊　十一回　入

坻島遏脈臂指飛泉甘冽何愁斥鹵墾廣野

膏腴最喜稷鋤可運正是天為中國添雄鎮地

控華夷作遠圖

毛遂擊到島中一看果然廣有百餘里內中多有

山泉不通地脈都淡而可喫有曠野可以耕種西

北一路出海其餘四面盡是高岩峻壁複嶺危岡

重重包裹似一座石城背面東西各有一山高峻

可以瞭望四方往來艤隻島前列著三箇小島是

日前招撫的一座是石城島一座獐子島一座鹿

島左首環着的是向日皇王麥將屯扎的廣鹿島

右首朝鮮地方背後是座皇城島前有拱後有衞，

左右又有擁護果然是一箇形勢之地毛遊擊看

了滿心歡喜道各島人民都是我招撫的如今我

要進兵却可由各小島漸進他要攻我不惟不善

駕船料不能舍各島飛來這眞是可戰可守處所

一面行文各島知會聽他節制一面後咨登萊天

津共圖進取這正是他平日報主有心今日更川

武有地了

喜是龍歸海 還欣虎負嵎
從今窮島上 決策斬單于
但一時雖是得地只是資籍屬國終是資糧不足
方經奴酋掩襲而來終是兵氣不揚况遠在海中
終不似在鎭江可以呼應[illegible]衛不知還可以備廣
寧緩急止得奴酋長驅慶
鎭江之役原以奪虜之膽非以收平胡績也坐
以待斃迂矣戰九天而潛九地眞善勝之將
此其發軔乎

彌申之先虜曾襲之車輦毛將軍曾以水淋山

成冰因其人馬蹶亟擊之殺其衆數千益以

術勝人以寡勝人者

第十二回

劉渠力戰鎮武　　　一貴死守西平

奇兵迢遞隔朝鮮、胡虜長驅涉大川、

已見木罌浮鐵騎、誰憑天塹扼征鞭、

西平日落旌干冷、廣武風高鼓角連、

愁是折衝無偉畧、邵教士馬飽戈鋋

大凡守者必要依險阻這險阻不過是高山峻嶺

大川濶澗故此遼東以鴨綠一江分華夷又以一

岔一河分東西山之有路處設立關隘水之淺處

　　　　　　第十二回

設立津渡這是險要如河東是清河撫順兩關控
住奴酋入門。河西是西平一堡扼住縣橋渡處屯
兵設將在山的乘他車不得方軏馬不得馳驅可
以破他在水的或是勁弓強弩邀擊他于半渡不
得近岸這都是設險之意奴酋向與佟李二叛將
謀取廣寧奈是毛遊擊連結了四衞他要是遶陽
渡河怕是西平前阻海州四衞在後邊追襲首尾
難顧如今把一個毛遊擊逼往朝鮮又設兵一支
屯在鎮江隄防朝鮮劉愛塔鎮守了金復益三衞

22

又屯兵一支在旅順以防登萊天津水兵分布已
定他在十一月廿九殺牛宰馬大犒三軍十二月
初一將勾竿雲梯砲車各項陸續都運到海州要
乘氷堅渡河襲取廣寧王撫知道盡發義勇五管
向三岔河打氷又沿河布擺巡綽着人知會西虜
借兵七千分付遊擊劉世勛帶兵一千與他一同
屯札着他探聽奴兵一過河便行攻擊又令副將
鮑承先率兵在大黑山遍插旌旗點放煙火以疑
奴酋使不敢輕進又分遊擊周應乾前往柳河岨

第十二回

方設守週他哨卒數百也被周應乾砍了幾個。從
了七個奴首大兵竟屯海州不動直至正月中他
有了內應竟自分兵三路一支走柳河一走三岔
河一走黃泥窪都在上流杷大木頭連成排上放
沙泥彼此相絀順流而下到狹處聯定過河直攻
西平堡守堡參將羅一貴是關西人氏英雄無敵
向日熊經畧知他勇猛也曾幾次咨取令守西平
城中有七千敢戰兵馬得知奴首入境一面飛報
到遼陽一面分付將堡門牢閉旌旗放倒止于梁

戶布滿强弓勁弩并火器以待奴兵果然奴兵殺

至見城上並沒旌旗道是堡中想巳逃去一齊放

馬趕來到得城邊一聲砲響旌旗齊起弓弩火器

亂發把這些奴兵打得尸橫滿地血流成川羅岙

將又大開堡門自巳一騎馬一捍刀帶領精兵五

百一齊冲出趕殺約有五里遇見奴酋大軍巳至

羅岙將收兵奴兵巳折卻二千餘人奴酋因問李

永芳道守將是甚人這等勇猛李永芳道前探知

是個羅一貴是個中國猛將奴酋道你可領兵攻

第十二回

三

都纔便可梯他攀用李永芳領兵前來遠遠道

人不到危急不肯投降先把壁子圍圍定攻打

了一日。羅纔將多方備禦不能打破奴兵被火器

傷了許多李永芳設計乘夜間架了十座雲梯

下用滾木上邊擺滿了精兵遠遠推向城邊土城

不期將已到城忽然城垛飛出許多鐵丫把雲梯

撐住不得近城。要退時城上又飛出許多撓鈎把

梯搭住不得退步裡面又把箭與火器對着雲梯

放來梯上人跑不及。不是射死打死便是跌死亂

26

了一夜又不能取勝延到次早李永芳自騎着匹

馬打着兩面招降旗圍繞了些勇猛達子向敵樓

叫羅將軍答話羅裨將便倚着城樓見他李永芳

道羅將軍我兵一路來無軍不敗無城不破你這

西平比得遼陽麼不如開門相見我保你做一個

鎮守廣寧叛賊你豈不知羅裨將雙

大罵道叛賊你豈不知羅裨將雙

麼言罷颼地一箭竟望李永芳射來李永芳一閃

把他一個家丁早巳射死永芳大怒喝叫攻城奴

第十二回

四

兵四面蜂擁攻打那羅拳將金不怕他堅壁一團

幇降旗一陣火器把這些奴兵打得退了圓五十

步永芳大惱砍了幾個先退的又催上來攻打字

日又被火器打傷兩下苦苦相持待要退盐都爨

兵來報道廣寧有兵馬殺來奴首便與李永芳計

議若退兵去他城中與救兵一齊來前臨三岔河

一時退不迷不如留兵數千围住西平若大兵與

救兵相殺殺退救兵西平孤城不怕不下兩人計

議恰又有人下書與李永芳叫他靉兵戰時畢攻

中路可以取勝李承芳說與叛首留兵攻打兩個
合兵前來迎敵就攻廣寧遠遠望見南兵已是殺
沙嶺來了前部先鋒是王撫標下將官孫得功黃
進後邊兩個大將是總兵祁秉忠劉渠應頭相向
約莫有半里遠遠這兩個總兵兒了分付火器管快
發火器轟一陣煙遷得彼此不相見孫得功贊遷
趙這勢把馬一帶帶向側遷一個閃套在一個閃
在右道讓劉爺辭爺上先遣衝總兵領零零衝衝
促軍士劉總兵遣將着刀督將士砍將上去兩遣

大糧可有一個賊屍

馬蹴塵生刃翻雪卷聲聲慄慄似動孽覆摧

軍聲如崩太岳箭起處弓開夜月鋒開處刃露

秋霜半空飛血雨飄揚渥壯士之肝腸遍野割

身尸顛倒碎英雄之俠骨正是

　　各抱忠君志　　　齊懷殪敵心

　　誰知旗轍靡　　　鬼火滿山陰

這兩總兵與奴首正戰得酣兩邊都有殺傷都不

肯退若使孫得功與黃進截斷苛兵從側殺入

30

也可取勝誰知那兩個將官奴首未渡河時已約

人約降要獻廣寧城這番正要賣陣孫得功先帶

了馬喊一聲道兵敗了兵敗了轉身便坦實進出

是這樣喊兩個領本部先走這兩個總兵也下入

馬聽了也捉掷不定亂跑奴兵來勢一洶趙率教

那些雄頭箭亂發祁總兵一箭早已射中咽喉

死在戰場之上

　巗巗瘦骨不勝衣　報國寧辭身力微

　碎首沙場君莫笑　九原應自喜全歸

第十二回

六

31

劉總兵見祁總兵落馬正伸手來扶不期部下兵

倒冲回來把劉總兵一冲也跌下馬劉總兵料道

不好怎對辜馬家丁劉亮道快回去報與夫人好

看我八十歲老母我顧國顧不得家了言罷了也

不復上馬還村刀砍殺去却被一陣軇馬捲來劉

總兵早不見了

也戀高堂有老親　臨危難忘主恩頻

倚門莫酒思兒淚　報國由來不計身

兩總兵部下三停折去二停遠孫黄三八反一路

槍擄道哈赤大兵來了驚得沿途百姓無不逃生

早把一個廣寧城振動道邏縡將見西北塵頭

大起知是救兵到了分付部下只待救兵來時一

齊殺出裡外夾攻欸完這些韃奴只見起了幾個

騎辰塵頭巴息城下又來了些韃子都提着首兵

首級來招降羅縡將道罷了救兵想巴敗了忙問

城中還有多少火藥軍士答應道不上十餘斤羅

縡將道如此怎生退得奴兵部下千總舟宮道散

兵不至便共守罪不在我不若且殺出城奔到廣

33

寡討夫兵未復城羅衆將道守將當奥城同存亡

想了一想便向北拜上兩拜道臣力竭矣斷不偷

生員國拔腰下刀向喉間一刎在在忱來奪時他

勒得猛咽喉巳斷血如泉流早巳死了

羞屈窮廬膝　　寧爲刎頸人

忠魂難再返　　意氣久猶新

城中無主火器俱無賊兵駕雲梯薄城而上道些

部下感羅衆將忠義也沒個肯降或在城上或在

市上無不捨命相殺雖被奴兵殺得一個不留却

也將奴兵殺去許多

　　挾纊蒙恩厚　　捐軀慕義深

　　重泉願相逐　　酬國有同心

奴酋因怪各兵死戰傷賊甚多將一塁百姓不分

男女老少盡行屠戮雞犬一空然後復跴著奴酋

大軍共取廣寧此時奴酋聞得熊經畧自右屯發

兵來救虎塩等官兵在鎮靜關屯札劉渠雖敗廣寧

還有大兵怕是孫得功詐降誘他深入把大兵在

沙嶺屯札止差數十箇遊騎前來哨探以決去取

35

只不知這倡議戰的王巡撫也能出一兩個兵來

戰專言守的熊經畧也能助得王撫固守廣寧麼

怕是

重閑難把九泥塞　纔起蕭墻不可支

河西之役以戰爲守當以兵邀奴于半渡亦可

以逞以守待戰宜以重兵頓廣寧乞援于能

經畧更俟西虜之至以觀用虜之效乃俟虜

巳渡河狠狠遣將則軍敗而城中卒以動搖

不幾戰守兩無據哉惜巳。

當揆之楊經畧一迂踈老子王巡撫一孟浪書

生所以俱敗事

十二回

九

第十三回

廣寧城叛將降奴　松山堡監軍死義

疆場事匕兵。　　　戰守論縱橫。

識短議多瘒。　　　心雄氣自生。

解衣嗟助鬬。　　　膠柱笑調箏。

國難難為拯。　　　胡塵豈易清。

瓜分憐土宇。　　　草菅惜黎甿。

無復徵輸息。　　　還勤宵旰管。

請纓羞浪許。　　　覆餗愧虛聲。

回首河西地。　　押心恨未平。

做官的處事不可雷同隨人脚跟更不可不和衷

各生意見初時偶然各見一是非後來畢竟要是

其所非非其所是加以固執之意氣又佐以黨護

之友朋如氷炭之不可合如水火之必相制却不

知我所爭者恐誤國事奈何反至因爭而誤國乎

毛遊擊鎮江一事王巡撫靠他做恢復張本也未

必然熊經畧道他破壞三方節制却也過刻兩遍

爭功爭罪竟至不合把這一段減賊機鋒意氣都

移奏疏口角上人又不無左袒江侍御有肯不從

戰守起議從化貞廷弼起議又曰非經撫不和乃

好惡經撫者不和也非經撫不合在右經撫者不

合也當事者不悟而旁佐者又不悟至于壞肯豈

不可惜奴酋既陷了西平堡把大兵屯在沙嶺此

時王撫因孫得功等回巳得劉渠敗報怳有人催

熊經畧督兵救援着人催西虜助陣把城中戰守

事務委江朝棟孫得功一干管理到得二十二日

只聽得城中亂傳奴酋兵二十萬巳過沙嶺離城

不上一二里已到了。快些迎接可以免死江朝楝

與高監軍悁悁來彈壓如何彈壓得住早已見孫得

功領着箇丁來至火藥庫正值各軍關領火藥上

城裝放俱被奪下將來封了其餘兵器糧餉各庫。

黃進又巳分封任着人看守城中百姓無不挈

子携妻拋家棄業擁住西門各思逃命正是

擾擾避干戈。　　　　爭先似逝波。

呼親悲幼子。　　　　失侶泣嬌娥。

車折爭先軸。　　　　人騎失轡騾。

急行無緩步。　　　猶自嘆蹉跎。

六街三市正自挨擠不前，又是一班亂民一時爭
不出剃頭待詔把頭髮剪下做光光的在街上攔阻
道一應婦女金帛都要藏下犒賞轄兵恣意搶掠。
不容行路。一班貪生怕死的無恥都神神穿了素衣
角帶秀才着了藍衫頭巾卒了坐無頓軍兵都開
烘烘橦着龍亭要出迎接還不知曉好打躬好趨
發填住街衝江朝梾看了道遠辭夾摊了幾匹馬
趕到軍門來轅門已是大開自儀門至堂上进得

43

一人。私衙的是封著一座房子門裏賣茶飯

房只見王樵獨自拿著一盆青菜飯看猶圍頭

見江朝棟趕來吃了一驚夫個進樣不去守城來

此做甚江朝棟道還竟守城中臾變開門降獻

要轉你去獻功事慈了臾速趕走不待王樵回言

推了出衙慈尋馬衙外邊有一群胡候爵出入的

馬衙門中人巳先謝了遣去幸有十將官差入選

為七匹騾駝二隻正等王樵坐堂解進江朝棟慌

牽來扶主樵並馬衙中家人莊房中檢得四箇箱

子裝上駱駝眾家人搶先的也得四馬騎落後的也只得步行趕至城門又遇一起亂民攔住城門。搶劫百姓不能行走王撫從入吵喝道都爺正要拿去請功他讓路不期一箇亂民道是都爺正要拿去請功就劈臉一捧打來一箇家人來救時王撫不傷遺家人打得血流滿面四箇箱子亂民道要留着還貢轙王都被奪下王撫道是書扎別無他物眾人打開一箱果是些書不肯還他將來眾眼撒簇簇攤擄你要縛我要拿正解拆不關恰得汪朝棟帶了

自巳幾箇家丁趕到。見了怕頼刀鎗砍殺得王器

出城路上又遇遼人數千假粧西房君路遼戲物

得江朝棟保全向閭陽投熊經畧其餘各監軍牢

逤無不聞風逈出獨有高監軍邦佐正在城上賬

閙軍士聽得城中反亂急下城來迎着一班秀才

簇擁龍亭前去高監軍道諸生讀書豈不大義如

何作此行止只見衆生道老大人性命干係不

得遶王道話一齊欣欣去了高監軍大摹斥罵把

策馬去見撫臺却遇孫得功正封倉庫囬来簇着

高商先生一同去迎接老慈何如高監軍紅了臉

道孫得功莫說國家深恩王爺臺待你也不薄你

麼不把這等意氣去殺賊都去陷威地鞭箭指着

道真狗慝不如孫得功笑道不如猁慝的也不止

我們一人部下見高監軍阻他高興行要發官得

孫得功揝手止在他自躍馬去了來到帳門瞭得

撫臺巳去各道將巳相繼出城只得回衙帶了四

簡家人高厚高永也望間陽進發行到松山一路

想道，朝廷命我監軍監的是敗亡之軍叛亂之

于乞衾

十三回

五、

軍、況在廣寧。賊兵未至。先自潰散。說甚官守說甚臣節有何顏對　朝廷對父母傍晚歇宿忽叫兩箇家人道。我受國恩。不惜一死。但你二人。好收我骸骨去見我妳親我尸骸葬在我父墳側。使知有死事之兒、不絕也、高永聽罷大哭道、太夫人在家。日日望爺衣錦還鄉仔麽定要死節不圖回家。一見高監軍道。我也知我母年已八十四歲一子尚未長成但義不可生耳高厚文哭道老爺如今幾撫各道那一箇不同老爺何必如此、高監軍道道

各行其志你兩箇再勿纏亂我方寸因叫燭游沐

浴仍舊着了冠帶寫一紙書道

男受　國恩無能爲國固囹一死猶未贖罪獨

念　高堂垂白不能奉侍當作九泉之恨然忠

孝不全。　母亦諒之忠孝傳家　母之所訓母

之所樂聞也杳杳遊魂知回遠于膝下

付書將待自縊兩箇家人又址住不放高監軍大

惱道你要我死在牢獄死在市曹麼將兩人驅出

房來西向拜辭了君親隨卽懸樑自縊

丹忠錄　　十三回　　六

高堂白髮也蒙情。　　委贄如何敢愛生。

客舍英魂凝未散。　　飄飄遠逐白雲行。

高永與高厚在房外相對哭了半餉不聞聲息知

是巳死啓門而入見他氣巳斷顏色怡然兩簡又

抱了大哭一塲百計尋得棺槨收斂了那高永又

對高厚說老爺在日待我甚厚我不忍主人獨死。

無人使令但老爺棺木切須帶回切勿有負主人。

也自縊而死。

既無負心臣。　　　　寧有背主僕。

莫謂奴隸中　　　　忠憤不相君。

果然高厚只得將高監軍棺木隨衆向山海關來

回。此時山海關是劉鎮王總督鎮守他聞知廣寧

失陷京師在首險要止得此關怕有奸細混入寫

禍不小竟把關門牢閉不開廣寧一路逃來百姓

兵士不下數十餘萬都在關外要進不得追些百

姓只是望着關號哭那干逃兵身邊還帶有器械

吶喊要行攻關管關的一發不肯開釀亂日盦關

中都防不測熊經畧與王巡撫二人計議道目下

山海不開若使軍兵情急反叛從房圍甚養甚差

使激變攻關不惟失了一重險隘倘亂兵潛途將

兵劫掠豈不震驚京師這須放他入關総是兩箇

計議了熊經畧隨帶了家丁直至關下這些說振

見了熊經畧也不敢胡言了只是這些百姓倉皇

號哭沿途悲喚甚是可憐熊經畧分付不許亂動

待我對總督講放關竟差人自關外投書入關乞

開關以救百萬生靈消不測之禍若有奸細熊某

承當因傳令各進關兵士不許帶有衣甲器械俱

要拋棄關外方許進關。著從兵在關外札一營備

變故自巳帶了家丁坐在義羅城內彈壓這千人

真是死中得生低著分付。不敢擾前撫檯一連放

了三日。丟下無甲器械堆積成山待放完之後熊

經畧分付都收入關上庫。不惟全了許多性命又

得許多軍資其時王撫與各道押後漸漸都至關

中。奴首直至二十四日進廣寧將城中子女金帛

錢糧器械搬運一空。不惟陷河東河西又失一半

廣寧之陷以孫得功然而奴屯兵沙嶺肉變而

爺不應。能如張達之在合肥、待以鑑忠、而
義之。猶可以保全、則王撫此際可云駕愛盡
才、至軍民逃竄勢已燎原、猶責閭陽一旅爲
援、豈非杯水之救況重關之下洶洶欲魯馁
其不破虜而破于逃兵逃兵既破關不得不
發兵禦之則戰在內其荼瘇更不堪言卽死
亦何濟乎蓋禍蓟之間無死法其以蟒至出
大明門且與本兵胗則死機也沒世之下應
有人白其宠。

欲縛王撫之人正王撫所用之人人之不知能
知時知勢謬云戰乎一笑

十三回　　九

第十四回

群賢憂國薦才　　奇士東征建節

宷渙鑒忠貞。　　殊方役五丁。

雄濤開遠甸　　　發嶂聳屠城。

飛渡隔胡騎　　　揚舲擁漢旌。

莫輕夜郎小　　　絕塞可橫行。

兵法先自衛而後攻人又道可守而後可戰故地
利不如人和之堪憑天時又不如地利之可恃古
秦得地險常以函關一面制諸矦使不敢仰攻

丹忠錄　十四回　一

真得水險常以長江千里屈曲護帝臺愈機是
奴酋之逞強建州亦是兩江環繞一山從傾果馬
居山頂險絕不可攻所以得吞併各夷若廣寧一去
靠得一條三岔河一渡河廣寧就不可保當時鎮
江復陷有人道毛文龍貪功生事貽害一城到廣
寧一失是經畧巡撫兩箇大臣徵召竭天下之兵
徵輸盡天下之餉管造偹天下之械器不能為
聖上固廣寧那不費　天子斗糧不折　天子粒
粟更不曾聞役　天子之一人一騎折　天子之

片矢隻弓直搗龍穴奪驪珠于夢中難道遠功邊

不奇遠人不足取鎮江報捷仍獻俘養貞已經

聖旨陞毛文龍鎮江參將于紹勛副總兵策應經

撫爭他功罪內關葉台山上疏道國家費數千萬

金錢招十餘萬士卒未嘗損奴酋之分毫而文龍

以二百人檜新數十功雖難言罪于何有以爲亂

三方布置之局則就局何時而定以爲貽遼人殺

戮之禍則前此見遠人之殺戮巳不勝其懷豈盡由

文龍是非巳是太定

翰林董思白又上疏。

一朝公論定，雌黄且任君。

拶赤赤由我，鱗開其鈴助。

臣聞齊武懸雖身士骨趙燕收葬骨知者開報

以二物之微嶺有伯主之資地況忠義青未者

不顧身之士。立功于萬死之場猶目于無長之

略而弃之以快蹇疑之以資奴此行道之所答

崖愚臣之所扼腕。而爲　國家借也臣伏覩奴

酋發難以來河東世將望風投降反戈內向蓋

我疆閫百姓莫不剃頭乞命我之師臣與各道
臣奔迯鄭重經畧三按尚方劍加設撫臣沛發
內帑竭天下力以供方虎之所指揮竟無敢一
矢東向者而兵亂于內疆促于外舉　朝文武
百官莫不變色相對設日無將無兵臣竊惑之
豈遼東數千餘里無一忠義四海九州之大無
一奇才異等之士超距投石之勇堪爲　國家
吐氣者觀前後邸報南衛鐵山諸處遺民猶肯
徒手保險死不降奴號天飲泣以待王師又非

有毛文龍者持孤劍穿賊中與豪傑王一寧等

設計盟誓以二百人奪鎮江擒逆賊佟養眞等

獻之　闕下且不費　國家一把鉄一束草一

斗糧立此奇功當時登撫若肯疾速策應以

器械衣糧使之收拾殘民立成一軍時出摷賊

凡諸陷賊之人必有思漢內應者豈非制奴一

奇策耶奈何信王紹勳之偏私藉口先發爲恨

一不策應坐令孤絕又虛膽塘報破壞功臣臣

竊傷之以爲文龍不幸旣隔于奴又隔于登萊

62

無生文龍矣。今回鄉人。又稱文龍于前月中設

計殺奴賊二三千人。奴令李永芳修養性以車

駕砲往與文龍爲難。又放還朝鮮人約共縛之。

當事者以文龍無的報恐回鄉人爲奴所遣以

誘我猾賊多計其事誠不可知然使實有此捷

而孥其來報則事勢之至難者何則奴既絕河

東之路紹勳等又讒妬其功惟恐文龍不死泝

泝大海何處可得達乎臣愚以爲文龍縱無後

功但以鎮江一事觀之此真奇俠絕倫可以寄

遼事者，陛下試問滿朝文武從來有大將不

費一鐵一草一糧而能立功如文龍者乎有能

置身四階之地，孤絕無援能當忠義子遺感發

成功如文龍者乎如此膽畧大覺易得使今有

三文龍奴可據遼可復，永芳養性可坐縛而卽

之鼓下矣且可就遼平遼鼓舞殘民用其必死

之心鍊成精卒不待四出征兵擾動天下川蜀

亂可以不作矣今棄文龍子絕北。委忠義于虎

狼之口力盡而不救不資以器械衣糧使之坐

斃以聽奴所魚肉以為養真報仇佐奴商以致其

疾于我也豈不哀哉豈不惜哉夫舍殘遼必死

之精卒不收以為用而遠募天下以致亂棄奇

策有效之文龍不救而偏信一籌莫展之紆勳

倏口三方並攻而索兵索餉無時可戒不知存

立文龍一軍即成眼前三方之策舍有用錄無

功孤忠義輔殘賊不顧天下安危但局于一已

好惡如此不已臣恐天下亂盡尚不能越三合

阿一步而·社稷已危也臣愚無讖誠見邊事

65

危急而阻絕忠義。坐失干城內自賊而遺禽于

奴深爲失策故不避狂瞽言之伏乞　陛下嚴

勅經撫諸臣消融成心丞圖救援或飛一詔募

召海兵卽所在拜文龍爲大將錄其民之有功

者次第陞遷仍　勅梁之垣當冐險曲達將所

賞銀兩宣諭　朝廷德意趨加　賜費使益感

激立功早收全遼不至并壞天下則　社稷幸

甚天下幸甚

乞立他爲大將。

寥落何人議萊壝　　　匣中血劍每空彈

九重忽諾諸無知薦，　靜樀烽烟四字安

候給事震賜蹴請取梁監軍所資二十萬金及王

紹勛所統兵悉資文龍　勑爲帥以聯絡島嶼間

狡黠之壯士渙散之人情自統進兵一支出沒變

化不受束縛亦一竒策。到了廣寧失陷撫臣拿問

經臣更用王在晋兵部尚書經畧始初王經畧一

本道。毛文龍奇迹朝鮮潛踪海島四虎難鬪飛鳥

難依乞發閩兵三千航海應援乞令戶部給銀六

萬以濟其急後一本又道。

朝鮮一彈丸之屬國耳四封之布置所出幾何。

而使之戰則臣必不能憑空辇之將而使其丙

衣食干外國則臣又不忍惟有急呼餉于計部

而巳臣前　請餉六萬猶存見少而該都復客

其一當此軍興缺乏臣毗不深維計部之難而

有此可用之師不圖接濟無論厉忠臣義士之

心而亦何以令屬國勸也除淮兵見在登萊堪

以即發外今當天常屢就近糧二十萬石僅十

萬石。戶部再發糧十萬兩動支買布三萬疋解

發文龍仍　勑工部給以火藥火器鉛鐵皮革

盔甲等物隨船帶去廳各兵衣食不之而器具

應手矣至毛文龍備歷孤危猶懷報　于係議

方畧尤徵壯猷卽授總兵職銜頒給　勑印

旗牌一切假以便宜行事仍令王紹勳嚴大藩

等同心協力共圖征勦有功之日一體陞授

聖旨陞毛文龍總兵王一寧登州府通判贊畫軍

事　賜勑許他便宜行事　勑至皮島毛將軍作

了命各將官俱來朝稱賀畢毛將軍就移咨關會

朝鮮行文知會各島將當日鎮江擒捉佟養眞併

車華彌串拒敵効勞將士除守備蘇其民同王一

寧解功赴京。有功把總張盤、陳忠、李景先、玉甫、尤

景和毛承祿、都劊授守備職衙張盤督領皮島陸

路防守人馬陳忠督領皮島水兵出戰人馬查得

石城島緊對此岸黃骨島廣祿島緊對此岸歸服

堡立二山島緊對比岸菱角灣和尚島三琪牛長山

島緊對紅嘴堡俱是要地就着王甫尤景和毛承

祿，分守李景先教訓新招遼地各島冒水新兵千

總張元祉張魁呂一學，都劉授把總張元祉將水

兵哨探應援各島張魁督沙喇船接濟遼東避難

入島百姓呂一學管理登萊天津山海塘報又將

欽給銀六萬兩動支獎賞家丁劉繼祖等者民華

文傑等就分遣者民華文傑家丁劉繼祖將率兵

民在皮島西北水口採石伐木築起水關家丁官

養棟者民萬起鳳等督率民兵在皮島南尚東西

兩面壘砌墩臺以便瞭望家丁金汝才者民築誠

等督率兵民在本島砍伐木植大搭造營房并總

鎮府家丁徐計功者民孫泉等督率民兵砍伐木

植打造戰船運船者民陸元升彭國昌等督率民

匠整備器械又牌行各島守備相度地形添設關

隘墩臺打造戰船本島有効用百姓俱着嚴行揀

選給與衣甲械器不時訓練以備戰守又多差機

夜潛至南衛探有各村堡屯民避難逃回的多方

撥船接濟至島隨便安插願從軍的即分發訓練

候武藝純熟即與補伍開糧願在島的即撥田屯

種原係工匠，即令入局做工，願歸中國的即量給

口糧，送入登津等各島。尤遇有警許得互相接濟。

不得推諉致誤軍機。仍又時常巡歷各島閱視兵

馬船隻。撫安新舊人民，把這些島處處都弄得岩

險可守。遠些島中兵士簡簡都教得精勇可戰，居

中馭外，璧合珠聯，真已成一箇雄鎮了。

　　列嶼成星共，居中氣夾尊，

　　誰知渝海上，重闢一乾坤。

毛將軍既授總兵，則與天津登萊總兵一體行事，

73

凡是沿海援遼將士俱得節制調發這番戰守機

宜都得自做主張奴酋料已不能安枕料已不能

佔據了正是

龍城飛將新持節　匹馬休思入漢關

世何嘗無建功之人不得人表彰則不顯亦無

不能建功之人不委以事權則不行若華諸

賢之騰揚　朝廷假之以爵位則亦當與竆

島流民埋沒于荒烟蔓草中已耳固知蕭何

應為三傑之首

74

得思白岵雲兩疏而毛將軍根郳定所以得成

八年牽制之功

十四回

十

第十五回

陳方畫形成聚米　分屯駐勢合聯珠

巍然雄鎮峙東滇戰艦瀟寒江鼓吹遙連

燕冀雄干遠映淄青　唇齒相依輔車相

庶犄角成形血戰期衰虜運奇勛不振王

靈

右調朝中措

天下事偏有無心得之者當日河東失陷朝議三

方進取登萊天津廣寧都設有巡撫屯有重兵廣

寧由陸登津由水要三路並行。誰知登津兩處慶

了多少錢糧也不曾出得一船一兵。得他一矢一

戟後來并廣寧失却一番經緯盡成畫餅何期毛

將軍因招撫得了鎮江這奇功因避兵又得了皮

島這勝地北連四衛南接登萊東呼朝鮮西吸天

津隱然成一重鎮當日毛將軍奉有　勅吉總兵

東江一箇皮島與各島并得星聯棊罪隱然有虎

豹在山之勢若只株株守了這塊土地做一箇龜

茲小國與　國家任他的心王撫差遣他的意思

豈不有負他除將自各島軍兵簡練以圖恢復他

將各島與登萊天津金復海蓋地形遠近進兵所

在細心籌畫想出一箇方畧上本道

平遼副總兵毛文龍為制奴滅奴事切臣一介

庸愚在遼二十餘載諉蒙遼東撫臣王化貞委

任遂以孤軍擒叛逆於遼民潰散之餘復鎮城

於麗國畏懦之後雖至風號氷堅糧匱援絕而

猶仗 皇上威靈廟堂勝算計復寛奠術聯南

衛而上年十二月內奴賊渡河之後尚餘十餘

萬歸正之民曁陰陽其志之麗人牽制奴無西

犯倘津登之援師一至廣寧之進兵有期臣張

勢寬鎭倡率南衛用報王撫臣知遇之恩卽報

皇上寵異之典矣乃今津登之應援議同築室

山海之防守患切剝膚設部正以定分合保危

關以衛　神京復如理亂絲臣雖孤處海隅瞻

依　闕庭未嘗不太息悲咽而繼之澌泣也敢

以一得之見爲　皇上陳之西虜反覆不常謂

宜待以羈縻至於喜峯山海各處用先臣郭登

守大同空營火砲地龍及劉某礮石之屬以資
城守而更密運　神謀以折虜志使彼爲我用
而不爲我患此山海待西虜法也朝鮮素脣小
國自我有東事以來兵餉喪于渾河之役水卒
死于　詔使之還旣騷我卒於彼之江洋更那
彼餉於我之兵士固疲極矣而無籍之徒井謀
賞經撫咨文則鑽求部府批扎勤駟官馬蒲歇
私貨隨途擾害舉國盡爲橫眉臣恩奴肉發難
皆爲市井無賴所激宜速　勅登萊撫臣嚴輩

奸人托名咨扎以入麗者此登萊聯朝鮮法也。

至于三方布置之謀以廣寧爲正登津爲奇令

則山海宜守登津宜戰若就登津較量則洋兵

當以應援山海而登萊時聯旅順密邇朝鮮但

令各島聯絡其中島上居民自王撫臣多方招

撫而各民自多感德慮無不効命者夫或招或

勒或戰或守或進或退或合或散出沒海上神

島間之奇謀用登鮮之聯合固非特宰制奇著

實爲恢復要着然自各島布罷始夲得廟島龜

磯島皇城島為登萊門戶兵將船隻急宜往守

諒登萊撫臣自有成算惟是旅順之險設若為

奴所據我之往來不便旅順東距三山島三百

里請以遼兵二千水兵船隻七十號用經畧標

下練兵都司陳大韶以旅順南營遊擊職銜居

之從島入守旅順則登津朝鮮之水路通矣三

山島東距廣鹿島二百里請以遼兵三千水兵

船五十餘號用經畧標下練兵都司王學易以

旅順北營遊擊職銜居之從島入守金州仍令

陳大部應援則彼此牽制有牽然之勢矣廣鹿
東距長山島五十餘里請以遼兵二千。水兵船
五十號用經畧扎委練兵遊擊宋鴨舉以復州
黍將職街居之從島入守復州則斷奴茵之左
臂矣長山東距石城島二百餘里請以遼兵二
干水兵船五十號用經畧標下黍謀都司劉
可伸以海州黍將居之入守海州石城相近小
松島請以遼兵干餘水兵船二十餘號用經畧
扎委加銜都司林茂春署蓋州僃禦事入守蓋

州即命劉可伸為之應援石城東距麗島二里

餘里請以遼兵千人船二十餘號用巡撫委守

備程攸以岫岩備禦居之入守岫岩麗島東距

鮮鎮寬靉二百里即用經畧扎委鎮江練兵遊

擊張忠扎委練兵都司署靉陽守備尤景和各

率所部乘除于鮮鎮寬靉間以相機直入奴巢

且分且合以疲其力且進且退且戰且守以壯

其鋒營彭懋挽楚之法孫子懼吳之術廬之逸

者勞合者分而後臣督率泉管各兵懸山扼險

丹忠錄　　　　　十五回　　　　　　　五

直逼遼城山海關更出師愿之如臣前猬部院、
謂山海扼其脛三岔截其腰臣等于東南掏其
背而躡其尾奴可滅也夫招練遼兵旣免安家
行糧又省日月擔閣兼習虜情而我得一人賊
卽失一人、策之得也乃過虜者謂遼民藏奸毋
令渡海正不知遼將或多通虜遼民反寶懷報
國且練其壯丁爲兵載其家屬過登安桥遠處
何奸之有惟速給臣餉三十餘萬差官刻期卵
付并再挑選登津各處遼丁二萬又募浙兵糒

于火器者萬餘給盛甲器械分往各島俾國賊

守以襄恢復至計奇正互用首尾夾攻豈特奴

酋不敢窺山海卽河西亦不敢輕渡矣伏乞

勅下酌議處分倘以臣言可采速 賜裁決臣

以慕義之餘年為 國家踞東闖之報効耳臣

受王撫臣東行之令原約七月襲取覓領八月

撫臣卽渡河東徒以事多掣肘坐失機宜奴勢

益熾各城復陷致臣効忠効義之雄心淪沒于

堪悲堪咽之時事而更遷延危疆候兵候餉於

然一載此何時勢也而堪此空說空談乎况去

冬奴賊先攻鎭江知江東無兵是以新正安心

過河以攻廣寧今又牽制無兵則山海必成孤

危而神京豈能安枕且奴衆雖不能搖舟而

遼兵捕魚爲生者多爲賊用彼如先據各島則

登萊亦成危局是奴可水犯陸犯我總難戰轍

守卽殺身異域徒增原下之悲而一片忠肝無

補孤鬼之泣矣萬分緊急敢冒斧鉞上懇倘

廟堂以未經目擊之情形偏執登鮮無益于恢

復之大事優游不斷挫過六七月光陰秋高風
及臣身居險地言出痛心不敢自附石畫籌祈
勁漸至冬朔事不可為奴得併力山海悔之無

我
皇上　勅諭諸臣用臣末議使得悉心計

而盡瘁平鯨吞鼉噬之中即粉韲有餘榮矣
聖旨　該部看了來說。

憑將一紙安邊策　　塞外胡塵瞬息淸

蒲眼山川蒲腹兵　　神謀還令鬼神驚

隨該兵科出黍道

十五回　七

為照毛文龍接濟之說急者自急緩者自緩此

已腐舌、彼如充耳、致使君令不足以敵臣意當

局不足以勝旁紛奈之何哉假令楡關可旡泥

封西虜可鞭箠使文龍卽不妨置棄于虎狼博

墾之穴若猶未也則何恃而不恐數月以來寧

前嘯處奴未敢一矢加遺誠恐長軀而文龍之

議其後也文龍滅奴卽不足牽奴則有餘議者

視棄文龍如溝中梗奴一意西向捲甲疾馳危

關孤壘奚以禦之況其列兵旅順改造風帆萬

二樣海島望登萊況稱兵艦鼓棹迅至彼時卽
悔接濟之遲悞何及哉據文龍疏中談奴情甚
悉又謂某島該兵若干統以某將誠不欲海上
各區使奴先據長彼覬覦之心絕我牽制之路
也夫遼民苦奴之虐逃依麗國者以十餘萬計
其心為中國死者亦且數萬誠　勅令戶部函
如臣部議餉十萬前往接濟選遼民勇者置之
行間列于各島以所舉材官分隸之既無招募
稽遲之悞又無安家行糧之費較之客兵不

丹忠錄　十五回　八

91

水土不耐風寒不勇戰鬪者費倍省而氣復倍
壯是一兵可當奴百兵也夫其不可尤罷封鞭
籌䇲者朝廷且不惜數百萬金錢爲購甚之
計而明明能兼奴者任其疾呼不爲引乎臣竊
惑焉臣部前疏所　題關兵挑練渡海有日可
無容贅㒹准兵前奉　肯過海而裹足淮揚籍
口剿妖岕繡之威稜自行自止　廟堂之肯意
朝四暮三其何以示令共而耶夫一渡
海耳懦者畏之以爲害而奸者顧誕之以爲利

所稱假借剝割委擾害無厭籍其力不恤其私刊

其物致孤其望則柔遠之朝何臣部當與經撫

諸臣函嚴加申飭矣旣經具 奏前來相應復

請合候 命下遵奉施行

自此 朝廷之上無不曉得皮島的兵馬眞可以

提挈登津眞可以牽制哈赤有了一座皮島可以

控制得各島有了各島登津之兵可以漸漸屯

可以漸漸向金復海蓋四衛進發若不是他招撫

奴酋先得了這些海島這些海島歸伏了奴酋做

영인자료

遼海丹忠錄　卷三

『古本小說集成』72，上海古籍出版社，1990.

여기서부터 영인본을 인쇄한 부분입니다. 이 부분부터 보시기 바랍니다.

역주자 신해진(申海鎭)

경북 의성 출생
고려대학교 국어국문학과 및 동대학원 석・박사과정 졸업(문학박사)
현재 전남대학교 인문대학 국어국문학과 교수
BK21플러스 지역어 기반 문화가치 창출 인재양성 사업단장
한국언어문학회 회장

저역서 『요해단충록(1), (2)』(보고사, 2019)
      『무요부초건주이추왕고소략』(역락, 2018)
      『건주기정도기』(보고사, 2017)
      『심양왕환일기』(보고사, 2014)
      『심양사행일기』(보고사, 2013)
      이외 다수의 저역서와 논문

요해단충록 3 遼海丹忠錄 卷三

2019년 3월 29일 초판 1쇄 펴냄

지은이 육인룡
역주자 신해진
펴낸이 김흥국
펴낸곳 도서출판 보고사

책임편집 이경민
표지디자인 손정자

등록 1990년 12월 13일 제6-0429호
주소 경기도 파주시 회동길 337-15 보고사 2층
전화 031-955-9797(대표)
      02-922-5120~1(편집), 02-922-2246(영업)
팩스 02-922-6990
메일 kanapub3@naver.com/bogosabooks@naver.com
http://www.bogosabooks.co.kr

ISBN 979-11-5516-902-5 94810
      979-11-5516-861-5 (set)
ⓒ 신해진, 2019

정가 18,000원